數到十就親親你

4

作者 Wankling
(วาฬกลิ้ง)
繪者 KAMUI 710
譯者 胡矇

目錄

數到三十

我伸出手想拉住基因細長的手臂，但最後又決定把手抽回來，眼睜睜地看著那熟悉的身影漸行漸遠。我收回視線環顧四周，發現附近的工作人員正好奇地往這個方向瞧。

一臉就是在看好戲，為此我更加沒有表情。他們一和我四目相交，就迅速地別開視線看向其他地方。

我移動腳步離開那個位置，停在一張椅子前，拿起手機聯繫達姆哥。

我沒想過會在這裡碰到基因……

沒有想到他答應了模特兒公司後竟然還敢過來這裡，因為他思考的面向太過廣闊，所以才會那麼在意周遭的人。我並沒有說基因那樣子做不對，反而是我太過自私自利了，顧忌會造成別人的麻煩，但是最重要的一件事，就是不能造成基因的麻煩。

我並不是不知道需要保持距離，因為得為電視臺損失一票觀眾而負起責任，但就是因為口頭上的允諾，反而讓大諳姊逮到機會借題發揮，為此我忍不住大動肝火。雖然是電視臺的要求，但就像我跟基因解釋的那樣，公司想得沒那麼簡單，只要退讓了一次，接下來他們就會找其他藉口來逼迫我們繼續執行。

承諾過別人後才在這邊難受，如果不讓基因理解，未來這種事情或許還會繼續上演。

「臭十，打給我幹麼？」

我盯著手機螢幕，等待電話被接聽的同時，我想聯繫的人也剛好跑過來。

「結束了嗎？那現在……」達姆哥朝左右兩邊張望。「基因去哪裡了？你碰到他了嗎？」

「是哥把他帶來這裡的嗎？」

「哎……嗯。」

「哥為什麼要把他帶來？我只是拜託你過去看看他有沒有怎樣不是嗎？」

我立刻皺緊眉頭，抬起手準備撥打電話，但是達姆哥卻舉起手揮了下，搶先開口發言——

「我打給他比較好，基因是跟著我來的，你先去換衣服吧。」

他往另一個方向離開，就算我再怎麼不高興，我還是像往常一樣選擇控制住自己，不讓情緒表現在臉上。我換回了原本的衣服，拒絕工作人員上前處理臉上的妝。

「基因已經回到家了。」

達姆哥緩緩地跑回來，一聽到他口中提到的那個人，原本懸著的心就平靜了下來。「怎麼回去的？」

「計程車。」

我思索了下達姆哥的話，把眼神從他臉上移開，緊接著把手機收進褲子口袋裡，一把抓起放置在桌上的鑰匙與錢包。

「要回去了嗎？去找基因？你們剛剛還沒有談上話是嗎？」

「哥認為這裡適合談話嗎？」

聽我這麼一問，達姆哥就沉默了。

「就……就看你們有一些問題，所以才會想說讓你們直接談話比較好。不管怎樣，人是我帶來的，大家也都知道我跟基因是朋友，應該不會變成新聞的。」

「那如果被哥的姊姊發現了呢？」

達姆哥彷彿剛剛才想到這件事，他抬起頭對上我的眼睛，露出了倍受壓力的表情。「你說得沒錯，我才剛想起來，你跟她談了新合約的事情，抱歉。」

「……」

「那你還在生基因的氣嗎？」

「沒有。」

我承認一開始是有些生氣和委屈，因為基因說出「那也不會怎麼樣」，彷彿只有我一個人在乎跟用心在我們的關係上面，而基因卻比較在乎其他人。只是我重新回想了一遍才明白，基因不想要造成任何人的麻煩，認為大家各退一步是最好的結局，除此之外，基因也擔心他會成為我工作上的絆腳石。

我都知道，可是我也想讓基因明白我沒有那麼在乎工作，我比較在乎他在強迫自己後是否會難受。基因也知道大諳姊不僅是希望我們在電視劇播出的期間分開，還包含了未來的每一天，結果他竟然這麼簡單地就給予承諾。答應了大諳姊之後會遇到什麼事情，讓他親自體會最好不過了——

並不是說這麼做，我就沒有任何的感受……

「那新合約的事情你要告訴……」

「我會告訴基因的。」

「喔……」達姆哥的臉色緩和了些。「那就好。」

「比較重要的工作都結束了，那就麻煩哥去通知工作團隊。」

平常的他會先抱怨一番，可是今天這個人竟然緩緩地點了點頭。「嗯嗯，去吧，趕緊回去和基因談好，因為我姊害你們變成這樣，我也跟著愧疚了起來。」

我除了點頭向他致意之外，完全不發一語。和他分別後，我選了條人比較少的路線前往停車場，踩下油門駛離這間百貨公司。

知道基因人在家裡，我直接趕回公寓。

才花了二十分鐘，那棟再熟悉不過的大樓就出現在眼前，當下才發現自己開了快車。

先前我跟模特兒公司談定一份新的合約，不過今天早上才從公司那邊得到了確認。我本來就預計要和基因再溝通一回，雖然是我讓他保持距離，請他先搬回他的房子，但是這兩、三天我已覺得漫長到無法忍受。

基因應該也可以體會到，這樣子分開對我還有他來說真的不可行。

我大步走在走廊上，轉了個彎後，眼中出現一道熟悉的身影，他倚靠在我的大門旁，身上的衣服還是之前那一套。

就在那一刻，我原本移動的雙腳瞬間停止。

那個人穿著的休閒服，依舊和我上一個鐘頭在活動會場所見的一樣。他小小的腦袋瓜子壓得很低，似乎是在盯著自己踏在地板上的腳丫子；他的呼吸聲很慢，但是很輕微。

他好像在思考什麼，就連我的腳步撞擊地板的聲音也沒有聽見。

看他被孤單包圍的模樣，使得我也跟著難受了起來。

我嘆了口氣，走過去停在他的面前。

「為什麼要站在這裡……」

我睜大雙眼，就在基因抬起頭的剎那，所有的一切彷彿都靜止了。

欲說出口的話，一轉眼就變了。

「為什麼要哭呢？」

「我……」

看來基因剛回過神，他一抬頭發現是我，圓圓的雙眼又睜得更大了。起初我只看見他微微發紅的雙眸，就在我們四目相交的那一刻，似乎讓他崩潰了。

「回來了嗎？我……有話想要跟你談，可以在這裡談嗎？」

我胸口裡面好像有什麼東西被揪住。

我沒有回答他的問題，不曉得自己此刻是什麼表情，但是卻痛得握緊拳頭。

「為什麼要哭？」

起初我還沒有看到眼淚，可是當這個問題被說出口後，卻害得基因真的流出眼淚。

我緩緩地搖了搖頭，抬起手將淚水擦拭掉。

我不想要看到他這個樣子，我忍不住把這個人拉過來緊緊地抱在懷裡。

「基因，別哭了。」

由於我們碰觸到彼此，即便沒有聽見任何聲音，可是他微微顫抖的身體還是讓我知道，他在努力地控制情緒。這是我第一次認為自己的表情非常不堪入目，說話的聲音也跟著顫抖起來：「別哭了……好嗎？」

我沒有想過一回來就看到基因站在門口哭泣的情景，他的臉頰紅紅的，整張臉都是淚水。我的怒氣油然而生，不是在氣基因……而是在氣我自己。

「你……要跟我分手嗎？你說只剩分手這條路了……」

我的眉頭緊緊地皺起，很快開口：「不可能，什麼分手，我怎麼可能會跟基因分手？」

「你說請我回去睡自己的房間……」低低的說話聲微微地顫抖著，基因壓抑住聲音，似乎不想讓我知道他現在還是很難過。「你表現得……好像不想再看到我的臉一樣。你氣我那樣子回應大諳姊是嗎？還是說，在我們談過後，你其實在想跟我分手比較好……」

我將懷裡的人抱得更緊，把手放在他的頭上向前壓了一下，為了使他被淚水濡溼的臉頰貼著我的臉。我緊緊地閉上雙眼。「不可能的，我絕對不會跟基因分手的。」

「……」

「無論發生什麼事情我都不會分手的。」

「……」

「我這麼愛你，是要叫我怎麼分手？」我稍微鬆開手臂，面前的這個人聽到我的話之後，漸漸地沉默。為了注視他的眼睛，我用兩隻手捧起他柔嫩的臉頰。「所以先不要哭了喔。」

基因的鼻子跟眼睛都紅通通的，我抬起手拭去一些眼淚。現在的情況是我最不想要看到的畫面。

「對不起。」基因不斷重複這句話。

「不，都是我的錯……那樣子對你，是我的錯。」

我搖搖頭，直直地凝視著基因睜圓的雙眸，即便我現在的臉色肯定非常糟糕，如果可以的話，我不想讓自己的愛人看到，但是當下我已經管不了那麼多了。

基因沉默地注視我，不過就在下一秒，他靠上來緊緊地抱著我，把他的臉埋在我的脖子上。那雙纖細手臂環抱在我腰上的力道，更是令我覺得胸口被揪得更疼。

我把這個嬌小的人帶進屋子裡，打開溫水替他擦拭整張臉；與此同時，他依然牢牢地抓著我不放，彷彿先前糟糕的感覺還未消散，這讓我很想要替他承受那種感覺。

我伸出大拇指，慢慢揉壓他微紅的眼皮。

見到基因這副模樣，我忍不住嘆了口氣。「別再哭了好嗎？」

「一想到你生氣不耐煩的樣子，眼淚就自動流出來了。」基因嗚咽地說。

我知道基因是那種只要內心被觸動就會哭泣的人，和是男人就不能哭這件事情無關。我曾經看過基因在看電視劇時，一看到悲傷的場景就難過得淚流滿面；或是寫到小說裡的悲傷情節，轉換情緒的時候哭過。可是當他是因為我而哭泣，反而使得胸口裡的所有情緒變得很紊亂。

不想要再讓他因為我而哭泣。

「你並不是不想要跟我說話對嗎？」

「絕對不可能。」

「嗯。」

我朝他望過去，伸出手輕柔地梳理他柔軟的髮絲。基因也跟著看了看，緊接著又問了一遍，似乎是想要更確定他沒聽錯。

「你把我趕回自己的房間，是因為不高興我那樣子回覆大諳姊……」

「不是的，我是看見你假裝睡著了，好像和我在一起很不自在，而且也害怕自己的心意。」

「那麼你在生我的氣嗎？」

「一開始……我承認我是有生氣。」我娓娓道來，同時端詳著基因的臉色，因為不想要再讓他覺得難受，所以趕緊說下去：「因為基因只顧著關心其他人，卻沒有想到自己。我想說，如果真的這麼做，你或許會明白，下一次就不會再這麼勉強自己。但是我並不想要看到你難過。」

「對不起，我會答應大諳姊，是因為不想要讓自己成為你工作上的絆腳石……我不想要看見你為了我而必須毀約，而且沒了工作還得繳付賠償金，不想要讓你……」

面前這個人努力地敘述著，聲音卻突然停了下來，像是不曉得該怎麼解釋才好，我出聲安慰——

「我知道。現在我知道了，都是我的錯。」

基因那雙眸子直視著我，隨後搖了搖頭。「你沒有做錯，打從一開始就……」

「已經沒有關係了，基因想要怎麼做都可以，只要別好心到讓自己這麼難過就夠了。」

「……」

「基因有什麼樣的感覺，我就會有同樣的感受。」

基因抓著我的手，朝我再靠近些，神色改變了，語氣堅定地道：「那件事情就隨它去吧。我只是不想要跟你分手。」

說出這番話的人擺出這副神情，我也抓住他的手。

「負自己應有的責任，至於大諳姊會怎麼想都隨便她，只要對電視臺負責到電視劇播完就夠了。你的粉絲就算不喜歡我也無所謂，我不想要再讓我們的事情變成這個樣子。」

「嗯……我也是。」

關於粉絲可能會不高興這件事，或者是我終止合約的事，也許會造成許多人的不滿，可是倘若這會使得我最愛的人難受，一定要做出選擇的話，我肯定是會選擇基因的。

「我們的事情，基因先生自私一點沒有關係的，不需要擔心的，我本來就不想要再續約。」

我握住他比我要來得小的手。

「我已經談好修正過的新合約了。」

「嗯，我有從邇頤那裡聽說了，沒有問題對嗎？大諳姊有說你什麼嗎？我也想要去幫你說話，這次我能跟大諳姊清楚地表明自己的立場，你才能……」

「沒有關係的。」

看著他不斷地說，我抬起手輕輕撫摸他的背。「我都談好了。」

事發第二天我一個人跑去公司談判，就是不想要基因擔憂得胡思亂想，所以沒有告訴他。現在新合約已經談好了，我更是不想要讓基因和公司有任何瓜葛。

「我會再繼續接兩份工作，前提是這些工作跟邇頤或是其他CP情侶那些無關，交換的條件是，把剩下的十個月合約縮減成四個月。」

基因聽完之後露出不解的表情，他的眼睛還有柔嫩的臉頰都紅通通的，看了使人同情，且惹人憐愛。

「大諳姊沒有說什麼嗎？假如縮短合約，那也就意味著接下來的六個月都沒有仲介費了耶。」

「我之前的合約是平面拍攝跟走秀而已，收入比拍電影或是電視劇這種大型工作要少得多，我用四個月交換兩個大型工作，加總起來的收益會比原本九個月的合約還要多。」

「那接下來的這四個月，我們……」

「沒有關係的。」我淺淺一笑，朝他露出安慰的表情，試圖讓這個再次操心的人能夠安下心來。「我都談妥了，雖然不能直接和別人表明，但是相處模式還是可以跟之前一樣。」

「……」

「只要再一個多月，直到電視劇結束為止，我們就一起忍耐。」

基因點了點頭，先前寫在臉上的擔憂也逐漸消散，我內心的情緒同樣緩和了下來——雖然基因哭泣的畫面還留在我的腦海裡。

我再次緩慢且仔細地審視面前這個人的臉龐，記住我的基因所表現出來的每一個小細節，最後把他擁入我的懷裡，把口鼻貼在他的眉梢後方，深深地吸了一口氣。

基因……

「對不起。」

「……」

「害基因先生哭了。」

基因聽了以後愣了一下，接著我就感受到有一雙手臂回抱上來，來來回回地滑動著，彷彿也在安慰我一樣。

「你不需要道歉，是我自己……沒有好好的跟你溝通，突然就那樣子擅自答應大謟姊。以後有什麼事情我們先溝通，一起找出解決的方法，我不想要再造成你的麻煩了。」

本來就很愛他了，經過這件事情後，越是覺得應該要更加疼愛、照顧他。

我感受到身旁傳遞過來的溫度，所以從睡夢中醒了過來。

「基因？」

我纏繞在基因腰上的手臂鬆了開來，隨即把手掌貼在他軟嫩的臉頰上。我一觸碰到那份熱度就皺起眉頭，緊急地撐起身體，轉身去打開床頭邊的檯燈開關。

「唔。」

當我一移動身體，對方就發出了呻吟。他生病了……

我立刻變得緊張。當房間變亮一些，我才看到基因的臉泛潮紅，柳眉緊蹙，呼吸又沉又重，看起來很痛苦。他的身體滾燙，可是整個人卻好像很冷似的蜷縮，我趕緊拉過被子包覆在他身上，扭頭看下時間，才凌晨一點多，基因剛睡了兩、三個鐘頭而已……

從我回來發現基因等在門口後，我們又花了一些時間在客廳裡溝通許多事情，提出自己想要知道的問題，回答希望對方理解的事情。不曉得時間到底過了多久，當我看到坐在一旁的人兒倒頭躺著睡著了，這才回過神來。我見他如此疲累，不忍心吵醒他，將他抱進臥室裡休息。

他為什麼會生病……是因為睡眠不足嗎？

一想到這裡，我眉頭不由得鎖得更緊了些，再度對自己感到惱怒——他睡眠不足的原因是因為先前的問題，以及我所做的事情造成的。

我把手沿著他的額頭、臉頰以及喉嚨撫過一遍，每一處都燙得不得了。

我拾起外套穿在身上，拿起鑰匙跑到樓下去。即便現在已經很晚了，依然還有夜市攤販在營業，因為距離公寓有一段距離，我開著車子繞了一下，買了些適合病人食用的溫和食物；至於藥品與退熱貼，幫傭的阿姨早就在屋子裡面準備好了。買好東西之後，我立刻踩下油門回到公寓大樓。

我提了一包熱粥以及兩、三樣溫和的食物還有藥物進到房間，然後轉身去喚醒正躺在床上睡覺的人。

「基因，你先起來。」

「唔……」

「先起來吃東西、吃藥，等一下再繼續睡。」

「十……」基因呢喃著，睡眼惺忪地撐開眼皮看了一眼，接著就把臉埋進枕頭裡面。

「基因。」

「……唔。」他除了表情痛苦地發出嘟噥聲之外，沒有其他動作。

我嘆了一口氣，實在是不想要吵醒他，可是不吃藥是不行的。我死盯著這個很想睡的人，把手貼在他泛紅的臉頰以及耳根上，輕柔又徐緩地愛撫著他，給予慰藉。

這一回，躺在床上的人轉了過來，或許是貪圖我手掌的冰涼溫度，他的小手把我的手抓過去貼在臉上輕輕地摩挲。

「頭好暈。」

「嗯，起來吃飯、吃藥喔。」

我坐到床邊，把手伸到基因腋下，然後抬起那副身軀，使他靠在床頭上。基因卻不怎麼配合，全身癱軟，試圖揮開我的手，像是在抗議坐著不舒服。我只好爬上床，坐到他的後方，讓他倚靠在我的胸口上，又抓起另一個小枕頭放在基因的大腿上讓他抱著。

「基因，快來。」

「對不起。」

就在我將湯匙遞到他柔軟的小嘴前時，細微的呢喃聲響起——

「為什麼要說對不起？」

「我真的不想吃，想要睡覺。」

我板起臉，自從發生那些事情之後，基因似乎變得很在乎我的感受。他不想吃東西，但是怕我難受所以才會道歉。

「先吃一些吧，等一下再睡好嗎？」

「不要，我的肚子真的不舒服。」

「不吃東西就吃藥，是不會好的。」

「……」

「只吃一點點也可以。」

「但是我吃不下去，不然……吃飯可以嗎？豬腳飯也行。」

「等你生病好了再吃，現在先吃這些，我餵你。」

「……」

基因有氣無力、嗯嗯啊啊地嘟噥著，但最後他還是願意張口吃下我拿在手上許久的熱粥。他咀嚼得很遲緩，一次一小口地吃著，可是吃到第五、第六口的時候就搖了搖頭，抬起手來推開我的手。

「不吃了，想吐。」

我很想要再叫他多吃一些，可是看他那麼難受，不由得長嘆了一口氣。

「ＯＫ，那先來吃藥吧。」

看著那張小嘴吞下藥，我才稍微放下心。我拿出毛巾替基因擦拭臉部還有脖頸，可是對方看起來一心只想要睡覺，於是我先幫他擦過身體降溫，他便沉沉地睡著了。在這之後，我才去處理自己的事情，這段期間內不忘替他貼上退熱貼，然後才放他好好的休息。

我將房間內的空調調整成適合的溫度，再將餐具收拾到外面，才重新回到房裡。躺在床上的人正平穩地呼吸著，看來是睡熟了呢。

我走過去在基因旁邊坐下來，強忍著衝動，實在是很想要伸手去愛撫他的頭，還有他咖啡色的柔順髮絲。

……基因通常不太會像這樣生病或者是不舒服。

從活動會場回來，與我溝通過後，那些憂慮都煙消雲散，他就安心地睡著了——他很明顯是連續好幾天都睡眠不足，我的心臟又一次地揪痛起來。

我就這樣一直盯著那張可愛的臉好幾分鐘，後來決定鑽進被窩裡，躺在他的身邊，然後把他拉過來抱在懷裡。

基因輕輕地嘟噥幾聲，但還是願意靠上來，他來來回回地移動著頭還有臉頰，像是在找尋舒服的姿勢，隨後才又沉沉地睡去。我的手依然慢悠悠地撫摸著他的頭，把自己的鼻子還有嘴巴埋進他柔順的頭髮中。

想要他快點好起來，我比較想要看到他氣呼呼地圓睜著雙眼、鼓著腮幫子的模樣……

「臭十。」

「嗯。」

「你可以不要每十分鐘就走去看一下基因好嗎？那傢伙已經沒事了，燒也退了，先跟我把事情說完，說完之後你愛做什麼都隨便你。」

達姆哥的聲音從微微開啟的門縫中傳來，我收回貼在基因額頭上的手，走到外頭客廳，輕手輕腳地關上後方的門。

「幹麼擺出這種臉？我不是來打擾你跟你的小情人的。」

「……」

「把事情談完我會馬上走的。」

「你可以小聲一點嗎？」

「好啦，抱歉、抱歉。」坐在沙發上的那個人稍微拉長了臉，喃喃自語道：「是怎樣？也愛得太超過了吧？」

我沒有多做回應，移到他對面的沙發上坐下來。

我守著基因一整晚，基因很少生病，但他只要一生病就會很嚴重，一整個晚上身體忽冷忽熱，雖然吃過藥，可後來又反覆發燒，表情不適地入睡；偶爾他會醒過來使性子，因為感到暈眩還有胸口不舒服而難以入睡，我壓力大到撥了通電話給爸的醫生朋友尋求協助。

隔天一早他就請護理師前來確認情形，打了一針之後，基因的狀況才漸漸好轉。下午一點，他終於退燒了，只是還有一些溫熱，但由於他太過筋疲力竭，所以一直沉睡不醒。

「這是新的草稿，看看吧。」

我點點頭，從達姆哥手中接過文件。

到了中午，看基因的症狀緩和了許多，我這才放鬆下來，剛想要休息一下，達姆哥卻搶先打了通電話進來。

他帶了一份新的合約書過來給我看，應該也是想要過來探望基因吧；但得知基因還很不舒服地躺在臥室裡，雖然他一臉擔憂卻不怎麼訝異，我這才知道基因之前就有不舒服的跡象了——因為他吃的不多，睡眠時間也不夠。

「OK嗎?我才能回去跟姊報告，事情才能盡早落幕。」

「嗯，謝謝。」

「嗯。」達姆哥把文件收起來，然後眼睛往臥室門瞥了過去。「那現在狀況有好一點了嗎?」

「早上六、七點多的時候就好很多了。」

「那就好，有你在照顧我就不用操心了，對他好一點，彌補之前對他做過的事，我朋友是難過了一些。」

我不發一語，知道自己的內心也是這麼想的。

「幸好今天是星期日，你可以和基因一整天待在一起。下星期是最後一天拍攝，沒有問題吧?學校的考試呢?」

「二十一、二十二、二十三。」

「剛剛好在慶功宴結束之後。」達姆哥把文件塞進公事包裡面，接著站了起來。「OK，那我先回去好了，替我轉告基因，祝他早日康復，我會再找時間過來看他，要不就再約出去外面。」

我點了點頭。「可以自己下去對吧?」

「可以的，可以自己下去，請回去照顧老婆吧。」

大門輕輕地合上，隨後自動上了鎖，我並不需要再浪費時間走過去鎖門。沒了其他人的打擾，我站起來走到廚房裡，把早上就買好的口味清淡的什錦粥放進微波爐裡面加熱。基因已經睡了好幾個鐘頭了，可還是得喊他醒來吃點東西……還有護理師帶過來的兩、三帖藥品，他也得吃藥才行。

我再次打開臥室門，不過當我的視線往床上一看，眉毛不由得挑得老高。

「基因先生……」

「嗯。」

一整個晚上病懨懨躺在床上的人，如今已經撐著身體坐起來了。

被子依舊蓋在他的胸前，蓬鬆又凌亂的頭髮很可愛，睡眼惺忪地半瞇著眼，臉頰依然還有些許潮紅，不過狀況已經好很多了。

「感覺怎麼樣？頭還暈嗎？」

「不暈了，只是沉沉的。」

聽到他沙啞的聲音後，我就踱步過去坐在床沿。「來吃飯、吃藥吧。」

「完全不餓，我想先洗澡，身體黏黏的……」

「還不行，等發燒的症狀再減輕一點，等一下我幫你擦身體。」

「……」

「不擦身體會黏黏的喔。」

「那我自己擦。」

「別任性。」我托起裝著粥的碗，挖了一杓遞到他的嘴邊。

基因眨了眨眼睛，最後還是乖乖地張口吃了進去，原本傻氣的臉馬上皺成一團。他慢條斯理地咀嚼著，吞進喉嚨裡的那瞬間，發出了嘟噥聲，一聽到這聲音我就能理解他在想些什麼。

「生病就只能吃這樣的東西，先好起來再說。」

「……」

基因似乎是想要使性子但又怕我不高興，所以才忍了下去。當我餵了第二口，他依舊溫順地張開嘴巴，看了實在是很招人憐愛。吃到後來他有點受不了了，緊接著服下藥物。

我輕柔地摸摸他的頭，低下頭在他臉頰上親了一口。「真棒。」

「別這樣，小心被我傳染。」

「沒有關係的，我都抱了你一整晚了，不也沒事嗎？」我笑著說道：「來擦身體了喔。」

我走進浴室裡準備工具，可是當我走回來，伸手要幫這個躺在床上的人解開襯衫鈕扣的時候，他竟然別過身子閃避。

「我自己來，白白造成你的麻煩，只不過是擦身體而已。」

「什麼麻煩？我心甘情願。」

「你去睡覺吧。」

「如果基因先生沒有好起來，我是睡不著的，快點過來。」我拉開他的手，解開他的鈕扣。替生病的基因跑來跑去，做這個、做那個，我完全不會覺得麻煩或者是煩躁，就算之前我們沒有吵架，我也還是會為他做這些事。

我拿著一條小毛巾在他白皙的胸口上擦拭著，他細薄的皮膚比平常還要通紅。我起先沒有太過在意，可是當我把視線移到他可愛的臉上之後，就發現他緊閉著雙脣，臉頰比其他地方都要來得潤紅。

不是我想要戲弄他，可是卻無法克制地笑出聲來。「是在害羞什麼？」

「才沒有。」

「已經被我看過很多次了，還是會害臊嗎？」

「不是的，當你幫我擦身體的時候，表示我們之間沒有什麼問題了，然後就……」

「……」

「覺得開心。」

基因細微的聲音宛如在說悄悄話一樣，那雙眼睛落在我抓著毛巾的手上，但是那抹不經意被我發現的微笑，讓我感覺就像是走在路上的時候，突然被定在原地一樣。

數到三十一

「十。」

「嗯。」

我聽到納十的聲音從另一邊傳來——

「時間到了。」

這一次，對方卻沉默不語。正在替筆記型電腦關機的我，忍不住回過頭去查看，我看見身材高挑的那個人穿著睡衣，窩在被子裡面，一顆頭倒在柔軟的枕頭上，眼睛只顧著看手裡的手機螢幕。

我從椅子上站起來，踱步過去拉開他的被子。「有沒有聽見？我要睡覺了。」

「嗯，晚安。」

我把手伸過去遮住他的手機螢幕，可是卻被納十死死地抓個正著。他輕柔地把嘴脣貼上來，眼睛仍然緊盯著手機。

「嚇！已經超過講好的時間了呀。」

「不能一起睡嗎？情侶不都是睡在一起嗎？」

「你不是也知道為什麼不能一起睡？」說這些話的時候，我放低了音量。

「基因先生……」

納十那雙灼灼的眼睛凝視著我，溫柔地呼喊我的名字，模樣實在是令人忍不住想對他心軟。可是這一次，我不會再忘記這個人在表演上有多大的能耐，因此把手抽了回來。

「那個時候你不是也說了嗎？我們是為了什麼才無法睡在一起。」

「是，我說的，可是已經四個晚上了，就連一天也不行嗎？想要抱著基因先生睡覺。」

我搖搖頭，拉開納十的手臂。不過這孩子實在是太重了，而且還不願意配合，我只得用兩隻手去拉開他一隻粗壯的手臂。「你不是也很清楚，如果其他公寓住戶看到我們進出同一間屋子，可能又會製造出新的問題。」

之前我們不覺得住在一起有什麼問題，因為那個時候我和納十的事情還沒有登上新聞。可自從去海邊被偷拍，很多人就知道我們的事情，原本沒有關注我們的人也開始關注，就算已經發布新聞稿澄清了，但若是再有一次閃失，肯定會雪上加霜。

「不然明天我請師傅過來打通牆壁做一道門吧。」

我的臉都綠了。「瘋了嗎？」

納十噗哧一聲輕輕地笑了起來，我這才發覺他剛剛說的話只是想要捉弄我而已。

「其實我也想要跟你在一起，可是如果在電視劇播完之前又出問題，時間又得拉得更長，那我想，現在先這樣子比較好。」

納十沉默了一陣子之後，開口呼喚我——

「基因先生。」

「嗯？」

「你知道嗎?現在的你，說話直白得嚇到我了。」

我一臉錯愕。

原本拉著納十手臂的雙手，頓時停在半空中，我這才意識到自己剛才說了些什麼。

我張大了嘴，這個反應使得面前的人揚起嘴角。他站起身來往外走，在這之前也沒例外地低下頭靠近我，用手抵著我的後腦杓，讓我仰起臉，緊接著落下一個深吻。

納十真是……

房門關上之後，我才喃喃自語。

我走過去關上電燈，至於客廳的燈，納十應該有先幫我關了才回到他的屋子裡。在電腦前面坐了好幾個鐘頭，我倒在床上做伸展操，來來回回地伸著懶腰。

大約三、四天前，自從我康復之後，就住回自己的屋子裡。

第一個晚上，納十願意隨我的意，或許是因為他還在愧疚中，我說什麼他統統都答應——其實我認為是我犯的錯比較大。不過就在隔天，他竟任性地拿出感應卡開門進來找我，讓我每天晚上都得像這樣趕他回去。

雖然我已經知道他那個時候請我搬回來的理由，而且每一件事情我們都溝通清楚了，不過我還是下定決心不可以對他心軟，先分開睡比較好，直到電視劇結束為止……得忍耐到事情過去，剩不到幾個月了。

和達姆去參加活動的那天，我以為納十想要跟我分手，頭腦一片混亂，想不了任何事情，只知道我想弄清楚他後續想怎麼做。如果真的要分手，我也想聽到納十親口說出來，所以才會決定站在他家門前等他；雖然當下頭疼得很，而且全身沒有什麼力氣。

我也沒有察覺到自己的情緒，怎麼會就這樣哭出來了呢……

我閱讀愛情小說的時候，就算讀到悲傷的情節也不曾哭過，但我很清楚自己只要看到有關家庭、動物或是其他感人的故事，眼淚就會特別容易潰堤；而我和納十之間的事情，可能造成我太大的壓力了。

納十看到我掉淚時的表情，遲遲無法從腦海裡揮去。

我知道納十的感受和我一樣差。

「唉……」

回想起來，我就忍不住感慨，想到自己哭泣的模樣就覺得很彆扭，還摻雜了一些挫敗感。我都長這麼大，二十六歲了……在那之後還該死的生了一場病，我甚至有好幾年不曾生過病。

我不太容易生病或是不舒服，淋了雨的話，要是洗過澡好好休息也還是能一如往常；可一旦生了病，就不可能只是輕微的小感冒而已，而是嚴重到發高燒而且恢復得很慢，就算打過針後，我仍舊在納十的房間裡整整躺了三個晚上，還得……

叮咚！叮咚！

枕頭邊的手機突然傳出聲音，嚇了我一大跳，腦中所想的一切被一掃而空。

達姆（聯繫工作請打辦公室電話）：臭基因。

達姆（聯繫工作請打辦公室電話）：明天要去片場嗎？最後一天了。

Gene：你會去嗎？

Gene：如果你不去我去會很為難。

達姆（聯繫工作請打辦公室電話）：你可以跟邇頤在一起啊，又不會怎麼樣。

達姆（聯繫工作請打辦公室電話）：……

達姆（聯繫工作請打辦公室電話）：喔喔喔喔！忘光光。

達姆（聯繫工作請打辦公室電話）：這樣你回到家之後，不會被臭十吃醋抓起來蹂躪吧？

達姆（聯繫工作請打辦公室電話）：（發送貼圖）

達姆不停地發送訊息過來，我讀完他的訊息以及後續傳來的一張表情很欠揍的老阿伯貼圖，不由得手癢。

Gene：直接說你到底去還是不去？

Gene：我才能做好正確的決定，最後一天了，我也想去。

達姆（聯繫工作請打辦公室電話）：原本我得去照顧另外一個孩子，不過已經拜託其他人去了，我就是順道過去看看，工作完成後應該就有空。

明天就是電視劇最後一天拍攝，我既然是作者，也想要到現場讓其他人看到我對這件事是很有心，也很感興趣的——劇組那邊已經知道我後期不太出現的原因是什麼。

我和達姆打字回覆彼此，鬧騰了好一陣子，後來漸漸有了睡意，發送了一張晚安的貼圖給他，原本想要把手機拿去充電，就可以直接躺平睡覺，卻又有一則新訊息跳出來，逼得我不得不再次拿起來查看。

nubsib：可以去睡覺了，不要只顧著聊 LINE。

「……」

他是怎麼知道的……

早上的時候，我在鬧鐘嘈雜的聲音響起前的三十分鐘就先醒過來了。

就在我梳洗沐浴完畢、戴上隱形眼鏡後，達姆非常湊巧地打了通視訊電話進來。我按下接聽鍵，不過得先請他面對一下天花板的畫面，因為我還沒有穿戴整齊。我打開衣櫥，翻找出衣服穿在身上。

「到底需不需要我去接送啊？」達姆的聲音從手機裡面傳了出來。

「你已經有空了嗎？不用去接十嗎？」

「臭十他自己去。」

「喔！那好，你現在人在哪裡啊？」

「我在Soi Rang Nam（註1）這裡辦事情，再一下子就到你的公寓了。」

「ＯＫ，快到這裡的時候發LINE通知一下呀，我待會兒下去等你吧。」

我讓達姆自己掛斷電話，穿好衣服以及褲子。如果那傢伙還在紀念碑附近的話，過來這裡應該還要一段時間，所以我走到外面找了塊麵包烤來吃，墊個肚子也好。

在這段期間，我發了封訊息通知納十。剛醒來的時候就看到他傳來的訊息，我告知他今天會去拍攝現場看看，不過那時還沒有決定是要自行前往或是選擇其他方式，現在達姆剛好有空，我就再發一遍訊息告知納十。

註1　泰國路名。

從這個星期開始，納十不用去上課了，因為下個星期有期末考。印象中，考試日期是在二十號後，那天剛好是殺青慶功宴的日子，幸好沒有撞期。只不過這些事情都卡在一起，不曉得納十有沒有時間複習課業？依稀記得和納十一起住的日子裡，曾經看他在睡前拿出講義閱讀，如果碰上需要請假拍戲的日子，他就得去領資料回來，假日的時候自行研讀。

我是很想幫忙，只不過我也不是多會唸書……唔，我們做人不要老是去記住那些會令人心痛的事。

過了十五分鐘，我收到達姆的訊息，就立刻帶上隨身物品走到樓下等他。

我們又來到同一間大學。從開拍到殺青，都在這個地方，因為這是一個發生在大學時期的愛情故事，所以拍攝地點大概百分之七十都離不開大學校園。

泰國下午兩、三點的天氣很炎熱，我下了車，整個人差點就要萎縮了。

「大家正在休息，要去那邊坐嗎？你想要去哪裡？」

「我就跟著你。」

我不能正大光明地進去和納十談話或者是待在一起，特別是在劇組的地盤上是萬萬不可的。

雖然劇組裡面不會有記者出現，而且工作人員個個都很專業，不會做出偷拍藝人或者是私下爆料八卦來牟取利益這些事情，但我還是得多加注意。

不曉得有多少人不相信後來發出的澄清新聞稿，不過他們也不會多嘴說閒話，大家依舊像往常一樣和我打招呼，我覺得有點愧疚，所以笑得有些尷尬。

「基因哥。」

坐在演員休息棚下方的邇頤朝我揮揮手。

「嗨。」

現場有許多位演員在，納十和賽莫坐在一起。我先舉起手跟邇頤打了個招呼，再朝不帶任何表情看向這邊的納十點了點頭，接著向賽莫以及其他人露出禮貌性的微笑。

要假裝成只有這種程度的熟識，感覺實在是非常詭異啊……

由於達姆也在場，所以我跟他們坐在一起沒有什麼問題。邇頤拉了一張小折疊椅挨著我坐下來，很要好地和我搭話，至於達姆則是坐到我另一邊的空位。

納十和賽莫坐在我的對面，中間隔了張小桌子。

「基因哥，最新一集的電視劇看了沒？我可愛嗎？」

我搖了搖頭。「哥還沒看呢，只看了第一集，剩下的想等到播完之後一口氣看完。」

「好可惜……不過也好。」邇頤貼近我，附在我耳邊說悄悄話：「不用看也可以的，得看著我和十演情侶，連我都起雞皮疙瘩了，要是基因哥又吃我的醋，那我可就慘了。」

我先是噗哧一笑，但是聽到最後一句話的時候，瞬間臉色大變。

「不可能。」

「腮幫子鼓起來了。」邇頤放聲大笑，又更靠近我一些。「可愛，過來給我捏一下。」

「邇頤。」

納十不帶情緒的聲音讓我和邇頤同時停下動作，一轉過頭去就看見那張帥氣的臉上雖然掛著淺淺的笑意，但是投射過來的眼神不難猜出他想傳達的訊息。

邇頤依舊面帶微笑，拉住我的手臂抱在懷裡。

「幹麼？」

「過來坐這邊。」

「為什麼啊？十在吃我的醋嗎？我是不會對你變心的呀。」邇頤忸怩作態地挑了挑眉反問。

如果是以前的我，不認識真正的邇頤，或許會覺得他既活潑又可愛，而且還有一點點調皮，但是現在就知道他是非常刻意地在找納十的碴。

納十依舊帶著笑意地緊盯著他的朋友。

邇頤裝傻了一下，最後受不了納十給予的壓力，鬆開我的手臂，稍稍把椅子拉開一些距離。他埋怨地嘟噥道：「媽的，才這樣而已，竟然這麼小氣。」

我不知道該如何是好，本打算開口和他搭話聊聊其他事情，但是眼睛卻先瞄到導演邁先生剛好從另一頭的廂型車上走出來，因此我站了起來，輕聲交代我去去就回，隨即快步朝那個方向走去。

邁先生看樣子不像是在忙，所以我迎向前致意。

「啊，基因先生。」

「你好。」

「你好，怎麼樣？最近很辛苦吧？」邁先生開門見山地說，我當下就明白了他的言下之意。

「就……嗯。」

邁先生看我笑得尷尬，抬起手來重重地拍了拍我的肩膀。「如何？看過電視劇了嗎？」

「有看一些。」

「我的傑作，覺得怎麼樣？評論一下吧。」

我差點就大笑出來，調整一下情緒，露出燦爛的微笑回覆他：「非常的棒！」

結果反倒是邁先生自己大笑了出來，一副心滿意足的模樣。他朝我的肩膀又是用力一拍。「今天就全部結束了，明天有殺青慶功宴，基因先生別忘了過來和我乾一杯，我會等你的。」

「好的，非常謝謝你。」

邁先生把眼睛瞥向另外一邊，然後大喊一聲，通知大家要開始工作。

我坐著看大家各自忙碌，過了好長一段時間，直到邁先生再次大喊，伴隨著所有人的歡呼與掌聲，我這才站了起來。

整個團隊與所有相關的工作人員紛紛走到場景裡面，每個人的臉上都帶著笑靨，我不禁也跟著開心，恭喜大家這幾個月投注全部心力的工作終於結束了。

就在那一分鐘，站在遠處的納十把臉轉向這邊，當我們四目交接的那一瞬間，趁其他人沒有發現，他牽動著嘴角露出一抹淺笑，我也回報他一個燦笑。

整齣劇殺青之後，剩下的事情就只剩下慶功宴。

我將手伸進小罐子裡挖出一把髮膠，搓揉過後開始替自己的頭髮定型。

我稍微將頭髮往上梳，露出了額頭，不過由於還沒有戴上隱形眼鏡，所以把臉近距離地貼在鏡子前，扭著頭左右端詳。

嗯，已經很好看了。

「基因先生。」

熟悉的低沉嗓音在門口響起，吸引我別過頭去張望。

納十走進房間裡，把視線放在我的身上，由於我們的距離有一些遠，所以我看不見他當下是什麼樣的表情；再加上我正忙著打扮自己，回過神的時候，那副修長的身軀已經在我旁邊站定。

「怎麼把自己打扮成這個樣子？」

聽到他嚴厲的語氣，我不由得困惑地揚起眉毛。

「怎麼了？這個髮型不會很難看吧。」

「是不難看，但是你打扮成這樣是想去勾引誰？」

我差點被口水嗆到。「才不是咧，去慶功宴當然要打扮得好看一點啊，我也想要讓自己拍出來的照片帥一點。」

「只在家裡好看就夠了。」

「在家裡好看，誰看得到啊？」

「我會吃醋。」

我的手停住了，立刻用眼角餘光瞟向那個身材高眺的傢伙。

「還有時間，要去洗個頭嗎？」

「這樣就好，不然洗下去會趕不上的。」

納十挑了一下眉毛，隨後臉上堆起淺笑，他的反應令我感到不解，還以為他會拉著我去洗頭呢。見他沒有再說些什麼，我趕緊俐落地闔上髮膠蓋子，抓了件時尚的西裝，套在我身上那件印有電視劇名的白色汗衫上，隨後走進浴室裡洗個手，處理後續的瑣事。

我走出來後，就看見原本坐在椅子上的人已經改變姿勢，站著等我了。

納十炯炯有神的目光投射在我身上，從頭到腳仔細地打量一遍，接著又將視線拉回到我的臉上，他的樣子令我感到忐忑不安。

「看……看什麼？」

納十的眉頭微微地皺了一下。「不准，有點太可愛了。」

「你！不准再這麼親密地誇獎一個男人可愛。」

「好、好，可愛。」納十微笑著伸出雙臂。

因為被這個瘋小子捉弄，我拉長臉，但依舊聽話地移動腳步向他靠近。納十把手臂纏繞在我的腰上，低下頭狠狠地在我臉頰上親了一口。

我一走到外面，就看到達姆一臉沉重地坐在沙發上，他身上同樣穿著印有電視劇名的白色汗衫，手指飛快地在手機上打字，似乎是正在聯繫某個人，或許是他工作上的事情吧？直到聽見了我們的聲音，他這才抬起頭，然後瞬間彈起來站好。

「你們兩個現在才準備好，沒有偷偷做什麼事情放我在這邊等吧？」

「去你的。」

是欠人罵嗎？這個損友。

「走走走，可以走了。對了，臭十，有個新工作聯繫過來了，等一下我再把詳細情形說給你聽。」

達姆秀了一下車鑰匙，隨後我們幾個人一起走到樓下。

今天是殺青慶功宴的日子，地點在餐廳，時間為晚上七點。達姆自願幫我們開車，因為我跟納十還不能在公開場合表現出很親密的樣子，所以有達姆這個好朋友同行就不會有什麼問題了。

達姆似乎還在為他姊姊所做的事情感到愧疚，即便我說過叫他不要放在心上，這並不是他的錯。

「等一下我們一起進去。你們先下車，我先倒車到巷子裡。」

我聽見車輪輾壓在砂石上發出的喀啦聲響，環顧一下四周，發現這間餐廳有開著空調的室內區以及寬闊的露天室外區，周圍有樹木裝飾，看著就覺得涼爽。露天的室外區域似乎是整個被租下來作為慶功宴的場地，當我們聽見陣陣傳來的悠揚樂聲時，又更加確定了。

「明天有考試，今天你不用喝了。」我忍不住開口提醒與我站在一起的人。我們之間有一步之遙，因為不想要讓其他人注意到，或是再次流出什麼奇怪的照片。

「基因先生才是吧。」

「什麼啊？我可以喝，我雖然酒量沒有很好，不過也不差呀，先跟你聲明。」

「但最好不要喝醉了，不然今晚我可能就不能睡覺。」

「嗯？有什麼關聯性嗎？」

當我一臉狐疑地別過臉去看，發現納十的嘴角向上吊。

「想不起之前發生的事情了嗎？忘記你對我做過什麼事了嗎？」

我瞬間啞口無言。就算納十沒有轉過頭來盯著我，但是大腦卻回想起不堪回首的往事，害得我整張臉差點就要燒起來。

達姆像是救星一樣出現了，我回頭望著朝我們招手的他，隨即腳底抹油，跑過去摟住那傢伙的肩膀。

「臭基因、十，走吧。」

整個劇組差不多都到齊了，他們安排了三、四張長桌。餐廳前方的空地原本是給駐唱樂團表演的舞臺，此刻則是被替換成大型站牌，斗大的電視劇名被印在上頭。邁先生說，吃過飯後會集合大家過來一起拍照留念。

我和納十理所當然得分開來坐，他是演員之一，所以勢必得和全部的演員坐在一起；我則是坐在遙遠的另一桌，離邁先生的座位比較近，所幸有達姆陪我坐在一塊。

「盡量吃，既然有經費就多吃一點，以後不會再碰面了。」邁先生心情愉悅地放聲大笑。

「謝謝。」

「達姆來一點。基因先生呢？喝嗎？」

「我……」

「來嘛～喝一點點嘛，那邊的孩子們都喝開了，我們是大人了，更應該盡興不是嗎？用酒精來助興，來來來。」

我和達姆分別被強行塞了一杯酒，服務生的服務也很好，不停地幫忙大家斟滿杯子。

我只淺嘗了幾口，因為對方不是我很要好的朋友，所以我也不想要喝太多。好在邁先生並沒有一直勸酒，只不過會不斷向我們搭話，東南西北地聊，主要的話題像是在慫恿達姆去勸納十接演他的下一部作品，聽起來像是有關家庭以及鬼怪的故事，不是很強調愛情的部分。

我不由得瞥向遙遠的那一桌，但是看到的畫面卻是……有名我沒怎麼見過的女工作人員把臉貼近納十，當她舉高手臂準備要自拍的時候，雙方臉頰幾乎要碰在一起了。

「基因。」達姆用手肘撞了我一下。

「會痛啦。」

「你到底是在看什麼這麼專注？小心被別人發現。」

聽到這番話我愣住了，趕緊將視線收回來，轉到面前各式各樣的佳餚上。

我硬生生地把湧上來的情緒壓在心裡，但覺得隱藏得不夠好，所以決定把服務生先前斟滿的酒杯遞到嘴邊。

「喔，大家一起來拍照吧，要發到社群網站上的，今天北梧先生，也就是娛樂網站的作者有一起來喔。」

「基因先生。」

「嗯？」

「你知道自己的腮幫子鼓鼓的嗎？」納十低沉的嗓音在狹小的四方形電梯裡面響起。

我沉默了一下，忍不住抬起手貼在臉頰上，不知道剛剛的自己是什麼表情，隨後輕輕地抿著嘴，放任自己沉浸在思緒裡。

「是在生什麼氣呢？」

我頓了下，然後揚起眉毛，搖了搖頭。「沒有。」

「生我的氣？」

「不是。」

就在這一刻，電梯好巧不巧地發出叮的一聲，緊接著電梯門開啟了。現在時間是晚上九點，雖然很多戶人家還沒有睡覺，但是樓層裡也相當寂靜，走廊上沒有半個人出來走動。

慶功宴結束之後，達姆就開車載我與納十回到公寓，他沒有一起上樓，因為還得繞到模特兒公司去取些東西。

喝下去的酒精使我感覺到身體陣陣發熱，不過我並沒有喝醉，也沒有走路東倒西歪，此外……我吃了非常多的食物，所以酒精的作用力並不怎麼強烈。

我把手伸進口袋裡翻找感應卡，腦袋瓜裡不停胡思亂想，但當我解開門鎖，跟在後頭的納十卻趁機鑽進屋裡。

「嚇！你進來做什麼？」我舉起手抵著他的肩膀，東張西望好確定沒有被人發現。

「基因先生還在生我的氣，不讓我哄一下嗎？」

「沒有，我才沒有在生你的氣。」

「那這副表情是什麼意思呢？」納十抬起修長的手指，在我緊蹙的眉頭上戳了一下。我稍微眨了下眼睛，眼神穿過他厚實的大手，看向他的臉，他站立的位置離我不到一步。

那張帥氣的臉上掛著一抹淺笑，看了就覺得特別地令人討厭。

「要讓我猜猜看嗎？」

「……」

「吃醋？」

「才不是呢。」我倏地拉開他的手。

「如果基因先生吃醋，我是不會說什麼的……反而還很高興。」

納十的表情使得我情緒緩和了下來，把臉別向其他地方，輕嘆了一口氣。「就說了我沒有在吃醋，你又沒有背叛我。」

「喔！」

「我只是……只是看到一堆人可以隨心所欲地跟你拍照……」我停頓了一下，試圖表達得更委婉點，聽起來才不會太令人害臊，可是又不曉得該怎麼解釋，最後說話的音量變得更小聲了：「我有一點點嫉妒。」

「嫉妒？」

「嗯，不是在對你不滿啦。」我趕緊接著說，不過視線仍舊是望向一旁，沒有看著納十說話，因此不曉得他此刻的表情以及情緒。

我們陷入沉默，我本來有些鬱鬱寡歡的情緒，這下子變成了尷尬。就在我轉身欲回到臥室好逃離這個情況時，卻聽見了陣陣的笑聲。

我眉頭的結打得更緊了。

「笑什麼？不……!?」

納十忽然把我扯進他的懷裡，我的背貼著他的胸口，他把臉埋進我的脖頸。由於這個動作太過突然，我原本想說出口的話被打斷了，整個人瞬間緊繃了起來。

一旦我們離得這麼近，我的耳朵就能觸碰到對方柔軟的肌膚。

「再等一下下吧，電視劇就快要演完了。」

「……」

「到那個時候，基因先生想要在哪裡拍，什麼時候拍，拍個幾千張都行。」

納十特意說這些話安撫我，讓我的臉感受到一股躁熱。

「你又沒有做什麼事……」

我知道這也是無可奈何的，可是我同樣也無法克制那股油然而生的情緒。今天是慶功宴，納十完成了工作後，我和其他人一樣也想要跟他合照一張，就算拍了之後附帶一句恭喜當成掩飾也行，只不過不確定會不會再次造成什麼風波，所以最好的做法就是避開它比較妥當。

沒有人開口，納十仍然把我抱在懷裡，他的手輕柔地撫摸著，我也沒有掙脫他，呼吸的聲音就在咫尺。

突然間，納十開口說話了：「那麼……在這段期間，我們自己來拍照紀念好了。」

「咦？」

他鬆開搭在我腰上的手，從牛仔褲口袋裡取出手機，細長的手指俐落地點進照相機應用程式，緊接著把手機轉向這裡。

「等等……」

我立即抬起手阻擋。

納十正注視著他的手機螢幕，可是我知道他正凝視的畫面，就是剛才相機拍下的我，感覺頓時變得詭異起來。因為酒精的緣故，原本就躁熱的臉，這下子又更燙了。

「把手放下來啊。」

「停，不要，你為什麼要拍？」

納十的嘴角上揚。「基因先生說想要拍照的不是嗎？不用擔心，我不會給其他人看的。」

「你！」我抬手去揮開納十，他卻敏捷地躲開了，但是鏡頭仍舊緊迫地跟著我轉。我清清楚楚地看見他不停地按著快門。

「納十！我不……唔！」

我話還沒說完，面前這個人用另外一隻手扣住我的臉頰與下巴，讓我靜止不動，隨即把他的嘴唇覆蓋在我的唇上。

因為在這之前我正說著話，他溫熱的舌頭抓準時機，輕而易舉地鑽進我的口腔裡。他肆意地在裡面探索，我的耳朵都能聽見那令人感到羞恥的聲音，原本放在他汗衫上的手不禁握了起來，視線逐漸模糊，接著發現鏡頭轉向了這一邊。

竟然在我們接吻的時候……

「唔。」

當納十向後退開之後，他輕輕地舔拭一下自己的嘴脣，把被牽出來的唾液舔掉。

奇怪又令人感到羞恥的刺激感湧了上來，我伸出手想要搶走納十的手機，卻被他先推倒在地板上，鏡頭仍舊文風不動地對準我這邊。

「正好。」

「……」

「難得你打扮得這麼誘人。」

數到∞

我把感應卡覆蓋在門鎖感應器上，裝在大門上的緩衝器方便我輕易地開關門，我推開門擋在那兒，同時轉身呼喚——

「基因先生，快點過來。」

名字的主人從後頭跟了上來，不停左右張望。從下車後一直到走廊上，那雙圓滾滾的眼睛不斷掃視周遭的一切，把情緒都表露在臉上。

「你的公寓真的很討人厭。」基因停在大門前，接近我所站的位置，隨後那張小臉轉過來。

「公寓也可以討人厭啊？」

「其實不是，應該是說我討厭你。」

我不予回應，一邊嘴角翹得更高了，努力克制自己別低下頭去咬那個做什麼事情都可以很可愛的人。不過我倒是用另一隻手纏在他的腰上，推著他進到屋子裡。

走到裡面，基因還是那副興致勃勃的模樣，走來走去的，像是被抓進新的籠子一樣。

這個地方是我之前的住處。

這棟建築物的土地所有權是家裡的，因為我們家有一項家族事業是不動產，我從國外回來後就選了一間離大學最近、還閒置的建築物作為居住地，很多重要的物品沒有放在老家，統統被移到這棟屋子裡。

雖然在基因公寓隔壁也買了一套房，但是不想移動過去的物品，仍舊被放置在這裡。

「真的有游泳池耶！」

當基因去拉開和陽臺相連接的大門並走出去，涼爽的風隨即灌進屋內。我看到水面上激起的陣陣漣漪拍打在水池邊，發出了細微的聲響。

「想玩水嗎？」我跟著走過去，腳步停在玻璃門邊，看著基因繞著水池張望。

「還好。」

他或許不曉得，當他表現出對孩子氣的事情不感興趣的大人樣時，反而更加可愛。

「可以從這邊下去嗎？」

「我的東西就是基因的東西，想要怎麼做都隨意。」

基因的朱脣微啟，接下來又抿了起來，表情似乎是有些惱火又有些想發笑。最後他不發一語，轉過身去把潔白的腳尖緩緩地探進水裡，彷彿是在測試水溫一樣，接著就彎下腰用手去撥弄著水波。

之前那個新聞惹出的事情，即便我和基因已經溝通清楚了，但是睡在同一間屋子裡這件事情仍舊是個難解的題。倘若公寓裡面的住戶注意到我和基因天天同進同出，就算已經發過聲明稿了，恐怕也只會造成更大的風波；此外……我曾經想過自己才是最蠢的一個，當時竟然會請基因收拾物品搬回他的房子住。

基因是有辦法一個人睡，但是我卻沒有辦法不抱著他獨自入睡。

難得基因終於答應跟我睡在同一間屋子裡，為了不給他任何搬回原處的理由，我才會提議先搬到這邊來住，直到電視劇全部播完為止。

這棟房子是家裡的，保全系統的安全性很高，不用擔心會有什麼新聞流出去。

我目不轉睛地盯著基因。

他原本只是撥撩著水玩，現在竟然捲起褲管，露出細白的小腿在打水。他把臉轉向迎風面，臉上掛著淺淺的笑靨，似乎是心情很好，我的心情不由得也感到雀躍，看到他開心我就開心。

「風不要吹太久，小心感冒了喔。」

「不會有事的，我不太容易生病。」

「之前才剛生過病不是嗎？還是小心點比較好。」

基因曾經抱怨我對他保護過度了，但是我並不是很在意，只不過是不想要再看到他生病難受的模樣。

「那今天晚上是要直接睡在這邊了嗎？其他的物品呢？」

「等一下我會派人送過來，但如果基因想要自己去載過來也行。」

「喔！ＯＫ。」

「我進去裡面嘍。」

由於很久沒有回到這個地方，即便常常有人進來照看環境，但是很多物品還是得先擦拭過才行。

這裡位在建築物最高的一層樓，有許多間臥室，但是每間臥室都上了鎖，只開放一間視野較好、陽光可以灑進來的房間。雖然它不是最大，不過兩個人住綽綽有餘。我解開鑰匙圈，把感應卡跟其他物品拆卸下來，預計等會兒要把它們拿去刻上基因的名字，之後再交給他使用。

「好冷……」

就在我走到房間外的時候，好巧不巧地聽到了嘟噥聲。

我直接過去查看那個待在陽臺外頭的人，看到基因已經從游泳池裡爬上來。原本他只是弄溼褲管，不知道是怎麼把自己搞成一整身溼漉漉的，穿在他身上的水藍色襯衫整個服貼在肌膚上。他正甩動著衣服，為了把水逼出來。

「你跳下去玩水了嗎？」

「沒有……」基因尷尬地笑了笑。「只不過剛從游泳池邊站起來時，一個不小心滑了下去。」

我不知道該做出什麼樣的表情。「那趕緊進來洗澡、換衣服。」

「等一下啊，這樣地板會溼掉的。」

我從嘴裡吐出一口長氣，把手上的東西放在附近的櫃子上，走向環抱著肩膀、站在玻璃門邊的基因。我將手鑽進他的腋下，把他整個人抬進屋子裡，耳邊聽見他驚慌失措的驚嘆聲。

雖然基因身高也不是多矮，不過他的身材沒有什麼脂肪或是肌肉，我輕而易舉地就能夠把他抱起。

「我可以自己走，你幹麼要把我抬起來啦。」

我把基因放在潔淨乾燥的浴室地板上。「不想要讓地板溼掉就得這麼做，快點洗澡吧。」

我的房間裡存放了好幾條大浴巾以及衣物，挑選適合的衣物，然後拿到浴室裡給基因使用。基因轉過身來，面帶微笑地輕聲向我致謝，我替他關上浴室的門。

替他服務得這麼好，今天晚上肯定是要討一些獎勵的吧？

在這段期間，我花了些時間聯繫幫傭。因為先前沒有事先打電話告知要搬回來，所以冰箱裡完全沒有任何鮮食，鮮奶或是其他飲料也沒有。我把事情交代完後才走回臥室裡。

「十。」

聽見我開門的聲音，站在桌子旁的人兒就轉過頭來看。

基因已經換上我乾淨的衣服了，他小巧的鼻梁上仍舊掛著原本那副眼鏡。

「這個。」

「嗯？」

「這隻熊和黏你車子上的那只一樣。」

我走到他身邊停下來，順著他指向前方的手指看去，這才明白他所說的到底是什麼東西。

這張桌子我不太常使用，靠近一扇小窗戶的位置放了座米色檯燈，桌子中央則是有一棟三層樓高的房子模型。房子有一面是敞開式的，可以看見裡頭小巧精緻的家具。至於基因感興趣的東西，是放在裡面的四隻米色小熊。

看見基因那副表情，我就忍不住向上牽動嘴角。

「又要跟小熊吃醋了嗎？」

「才不是咧。」基因不怎麼嚴肅地拉長著臉，如果仔細注意觀察，會發現他的嘴角偷偷揚了起來。「我只是好奇而已，想不到你也有長不大的一面，看樣子是很喜歡小熊，還有小熊家族咧。」

我咧嘴一笑，沒有開口說話，從模型屋子裡面拿出最小的一只熊遞給他。

基因立刻接過它，將之捧在手裡。

每一次在車上看到米色小熊，我就會一直想要去抓它，一拿在手上就會轉來轉去，撫摸著它用閃亮串珠製作而成的眼睛。

「這整棟房子都是你買的嗎？」

「不是的，其實這不是我的。」

「不是你的？」

「嗯，是別人送給我的。」

基因那張小臉馬上轉過來盯著我，眉頭皺成了一團。「別人送的？是舊情人送的嗎？」

「哪裡有什麼舊情人？」

「……」

「基因先生記不起來了嗎？」

「什麼記不起來？」

「我們以前曾經為了搶小熊玩偶吵過架。」

「哈？」

基因隨即驚呼一聲，低下頭盯著小熊，左右翻動，緊接著再次扭過頭來望著我。「吹牛。」

就算他不相信，我也不怎麼意外。我轉過去看向這棟大房子裡的另外三隻小熊。「這些小熊，是基因先生小的時候外婆給的，有小熊一家人以及一棟大房子，基因先生把它們放在臥室裡的櫃子上方展示。」

「小熊家族、一棟大房子，都是外婆給的？」基因幾乎重複了每一個字。

我打開了檯燈，暖色的燈光亮了起來，讓我們能夠更清楚地看到面前的事物。

「那個時候我到基因先生的房間玩，我看基因先生很寶貝它們，所以也想要，但是基因先生不願意給我，阿姨知道這件事之後，就開口請你分兩只小熊給我。當時基因先生很不高興，所以大吼著對我說統統帶走，已經不想要了……」我語氣緩和地述說著，但我知道它隱藏著某種意義。「記不起來了嗎？」

「就……聽你這麼一說好像有點印象。」

「……」

「那你為什麼要搶別人的東西嘛。」

我的笑容又更深了。跟基因在一起的時候，我要表現得多快樂都可以，因為就算遇到不順心的事情，只要有基因在，我就能夠輕易地再次接受挑戰。

「我也不是很明白，直到長大之後才知道……」

「……」

「因為基因先生很珍惜它們，所以我才會不高興。」

「……」

「我嫉妒它們。」

我不曉得自己是從什麼時候開始把所有的情感都寄託在基因身上。

在我還是小孩子的時候，一旦發現基因對任何事物的注意力多過於我，因為不知道該用什麼方式表達出來，我就會選擇做出令他感到生氣的事情，只希望這個人可以回過頭來，把所有注意力都放在我身上。

對我來說，基因一直都是我的全部。第一次和他相遇時，我整個人都傻住了，當他敢帶我蹺掉鋼琴課跑出去玩，我就把他當作英雄一樣崇拜。當我又再長大了一點，就把他視為是世界上最可愛的哥哥。直至今日，他依舊是我的一切，不過還多了一層意義，那就是我所愛的人，而且還是我一個人的所有物。

「你這是……」

一陣輕微的聲音響起，基因把頭壓低了一些，我只能看見他的臉頰還有單薄的眼皮。

「在生氣嗎？」

「不是，它們被你完好地保存著，我為什麼要生氣？」

基因一如既往，依舊是我那善良又可愛的可人兒。

「它們也是基因的東西，你想什麼時候玩都可以。」

「……」

「只要別把它們看得比我還重要就好。」

「你什麼都不知道。」

「……」

「現在我對你的重視早就勝過其他事情。」基因說話的音量不大，卻足以讓我聽見。

這番話讓我沉默了一陣子。基因原本低頭想要隱藏兩頰上的一抹紅暈，但因為突來的靜默，不由得疑惑地抬起頭來，緊接著那張小臉露出了燦爛的笑容。

燦爛到令我忍不住把嘴脣烙在他柔嫩的臉頰上。

數到……不用再數啦！

星期五的晚上，百貨公司人潮洶湧。

特別是餐廳林立的樓層，我發現幾乎每一間餐廳前面都大排長龍。起初我想要選間餐廳先登記訂位，不過由於還沒決定要吃什麼好，所以先跑到樓上去訂電影票。

今天，納十從學校回來之後就約我出去看電影。之前我們就談過，想在二月的時候找幾天回家裡住，所以今天就先整理好物品，等看完電影、吃過飯之後，直接開車回老家。打算住個兩、三天一解相思之情，也讓爸媽可以看看兒子，而且這個星期納十沒有任何工作。

「想看什麼電影呢？」

「嗯……」

我把視線停留在節目表上，思考著想要看的電影。節目表上有兩部鬼片，其中一部是泰國鬼片，另一部是西洋鬼片。在腦中篩選出想要看的電影之後，我就轉過頭去和身後的人談話。

「可以看鬼片嗎？我記得你不怕鬼的不是嗎？」

如果會怕的話，那和他的外在實在是完全不符……

我記得去年，有一次達姆該死的騙我說納十怕鬼，就是為了叫我搬回去和他的孩子睡同一個房間。因為那傢伙私下和納十以接個走秀工作作為交換條件。

「就算會怕，若是基因先生想看，我可以陪著看。」

聽到他低沉的嗓音這麼說，我斜眼望向他，說話的時候聳了聳肩。「我想要輕鬆一點看電影，可不想要聽到旁邊有小孩子在那邊尖叫喔。」

我的臉頰立刻被捏住。

「如果尖叫了，難道就不能安慰一下男朋友嗎？」

「不能。」我開玩笑地回答，隨後轉個方向，朝購票櫃檯的隊伍走過去。

幸好看電影的人潮不多，不一會兒就輪到我買票了。

「坐在一般區就好了，別浪費錢。」

站在一旁的納十點了點頭，同時把手中的信用卡遞上來，我就向服務人員點選了想要的座位。

三個星期之前，自從整部電視劇播放完之後，我和納十在公共場合的時候就無須再那樣小心翼翼。如果是以前的我，還是會顧忌納十和邇頤螢幕情侶的形象，但是現在，我只想以我自己和納十的事情為主。

並不是說我們在外面想做什麼就可以做什麼，只是我和納十的相處模式，已經不需要再假裝成不熟識了。

「想要吃什麼呢？」

「今天就讓你來挑吧！我請客。」

「不需要，才男朋友一個人，我養得起。」

我聽了實在是忍不住要皺皺鼻子。「存一點錢好嗎？不是準備要辭職了嗎？」

納十和大諳姊談了新合約之後，他的工作時間到現在差不多剩下三個月。我從達姆那兒聽到了消息，納十的工作表滿到連我都替他覺得累。值得慶幸的是，納十的記憶力很好，因此不太會影響到他的課業。

「那麼就吃韓式料理吧。」
「那不就是之前我抱怨說想要吃的……」
「納十哥！」
我的聲音被一道尖叫完全覆蓋過去。
我和納十幾乎同時轉向那個聽起來很興奮的聲音來源。
「這不是納十哥嗎？真的是本人！基因哥也在，呵，而且還一起來，你們好。」
跑到我們面前的是一群穿著高中制服的學生，每個人臉上除了興奮之外，瞄向納十時還會露出一絲羞怯。
我眨了眨眼睛，忍不住朝一旁的納十望去。
即便已經宣布再過幾個月就要退出演藝圈，但是這傢伙依舊很受歡迎，不管是發布照片或是影片，經常會有人跑來尖叫。出來外面的時候，雖然偶爾不會被其他人發現，但有的時候，他的光環實在是太過搶眼，會被粉絲們感應到，就像這次。
「可以一起拍張照嗎？一下子而已，五分鐘也行。」
「我們有在追蹤十基因的粉專，這還是第一次看到基因哥本尊，好可愛，今天還戴了粉紅色的眼鏡。」

我笑得很尷尬……

最後納十還是跟那群孩子拍了張合照，我這個非男模也非演員的人，也被拉著一起入鏡了。

「非常謝謝你們，請允許我發布在網路上喔。」

「納十哥要常常直播喔~等你。」

孩子們俏皮地揮揮手，好像很高興似的邊走邊小小聲地尖叫著。我也跟著揮手目送，只是我的笑容有些生硬，因為還不太習慣面對這種情況。

我們沒有公開說明彼此的關係，也沒有否認，我不太會去看有關納十和我的粉專，不過倒是知道有一票人很中意那個粉專，他們相當確信我和納十在交往。

我再次扭頭去看身旁的男人，不料卻被他瞪了一下。

「我是不是有說過，不准打扮得這麼可愛？」

「就……莉莉姊特別送來給我的，我只不過是偶爾使用一下嘛。」

包含這副時尚的粉紅色鏡框眼鏡、衣服還有鞋子，我今天全身上下穿戴的行頭，都是服飾店的莉莉姊給的。

莉莉姊是一名第三性別的女性，也是間名牌流行服飾店的老闆。去年聖誕節，她首次進軍泰國市場，我會認識她，也是因為納十接下她的走秀工作。

「她會送過來，是為了讓你間接幫她的服飾打廣告，知道嗎？」

「咦？怎麼說？」

「因為她知道我很喜歡幫基因先生拍照。」

我露出了困惑的表情。「還不是你自己要拍的。」

「我也不想拍了，會吃醋。」

「……」

「不過我也想要讓其他人知道……」納十那雙灼灼的雙眼凝視著我。「基因先生是我的。」

他似乎是在故意捉弄我，存心想要讓我覺得害羞，而且也成功地奏效了。

「我……我餓了……」

納十聞言，不禁輕輕地笑出聲來，看起來心情很好的樣子，這讓我的臉頰越發地燙。

後來的日子裡，只要我回去老家，即便都是和爸媽一起吃飯也住在一塊，但我會選一天住在鄰居家裡，就是為了讓甌恩阿姨也能夠看看我。

這件事情讓我爸不太高興，但他老人家也沒有再說些多餘的話，因為他和瓦特叔叔不僅是鄰居，而且還認識很久了，媽和甌恩阿姨也是一樣的情形。我猜想，爸是不希望我去打擾人家，另一方面也是不希望我跟納十成天膩在一起。有一次我媽邀請納十在家裡過夜，結果他竟然被安排和我睡不同的房間。

回老家的日子就如同放假，我通常兩週回去一次，一旦回到家裡就不太會打開電腦寫小說，只會陪媽媽坐著看電影，或者是陪她到市場走一走。

最近我在寫的小說是科學奇幻類型，比較偏向科學方面，是一部有關外星人的故事，不過內容並不會太過沉重。我試著調整成腐女們也能夠接受的內容，例如讓兩位男主角的背景有著深厚的關係。

許多的小說粉絲們也知道我還有另一個筆名，這個筆名是之前撰寫驚悚類小說時使用的。

能夠再次執筆撰寫自己擅長的小說類型，我感覺一切都非常順利。

「臭基因。」

我一邊散步一邊想著有趣的事情，經過一座小公園的時候，被一陣叫聲嚇了一跳。搜尋著聲音來源，接著發現是自己的哥哥，他穿了一身輕鬆的居家服，坐在涼亭裡面和卡搿伯伯聊天。木桌中央有一張簡易版的跳棋棋盤，棋盤是用麥克筆在紙上畫出來的，至於棋子則是用可樂瓶蓋取代。

「要去哪裡？又要再去找臭十了嗎？」杰普哥頭也不回地就這麼開口說道，眼睛全程緊盯在棋盤上。「如果被老爸知道了，小心晚餐時他會散發出一股很可怕的氣流喔。」

「等等，我只不過是出門去幫媽媽拿包裹而已，貨運公司打電話過來了。」

「喔！等一下進家門的時候，幫我跟卡拇伯伯各拿一罐象牌啤酒啊。」

我翻了一下白眼。

「沒有關係的，杰普少爺，等會兒大喊一下，叫怡恩拿出來就好了。」卡拇伯伯立即站起來。

「沒有關係的，等一下我去拿吧。」

我偷偷地朝杰普哥撇了一下嘴。在家裡無所事事不去工作，倒是很會使喚弟弟啊。

步行到民營運輸公司，從員工手中接過包裹，我趕緊拎回家交給媽媽。由於想讓杰普哥再多等一會兒啤酒，我拿出剪刀順手幫媽媽拆開包裹，裡面有媽媽網購的小孩子玩具，聽說好像是朋友的女兒最近快要生寶寶了，媽媽才會準備這些玩具，等拜訪的時候帶過去送人。

過了好幾分鐘，我才慢悠悠地起身去打開冰箱，取出了罐裝啤酒，再悠哉悠哉地走到公園。

「這一局不算、不算、不算，本來伯伯都要贏了耶，杰普少爺竟然耍詐請十少爺幫忙，所以伯伯才會輸掉的啊。」

「伯伯是跳棋教父耶，之前我已經輸一輪了，這一局組團請出臭十來幫忙，這也不算是占便宜吧？」

「吼，二對一耶，對老人家沒有同情心。」

我瞇起眼睛看著在涼亭裡面玩跳棋的這群人。

起初杰普哥和卡拇伯伯是面對面坐著，但是現在卻變成納十坐在卡拇伯伯的對面，到底是怎麼一回事？至於杰普哥則是不知道害臊地站在一旁暗自竊喜，似乎是對於這一場勝之不武的局很是高興，這對老人家也太不公平了吧！我在涼亭前面的小階梯上停下腳步。

「臭基因，我跟你講很久了，怎麼現在才拿來？」

「我在幫媽媽的忙。你怎麼來了？」

後面那一句話是對著坐在椅子上的納十說的，我走上涼亭之後，他稍微移動一下手，拉著我坐到他身旁。

「因為想你。這個是什麼？」他炯炯有神的眼睛望向我手裡的罐裝啤酒。見到他微慍的臉色，我趕緊把啤酒放在桌上。「不是我的，這是杰普哥跟卡拇伯伯的，一人一罐。」

「喔！」

杰普哥伸手過來拿起啤酒，打開了易開罐。

跳棋的遊戲一結束，卡拇伯伯就起身說要去幫樹木澆水，然後還得繼續其他工作，說完就先行離開。涼亭裡面只剩下我們三個人，不時有涼風吹拂而來，舒服的程度和我常躺的那張吊床不相上下。

「今天要睡我家嗎？」杰普哥轉向納十問道。

「不了，今天基因睡我家。」

「……我敢保證今天晚餐的老爸，肯定又會是面如冰霜。」

這番話使得納十輕輕地笑了起來。「哥你去跟堤普叔說，不要把基因管得那麼緊。」

「你也知道那是他心愛的兒子，我啊，是老大，他們都還沒準備好，我就來到這個世上了。」

「感到委屈了嗎？」

「我只是說說而已，畜生。」杰普哥放聲大笑，又喝了一口啤酒，拍了拍納十的肩膀。

我觀察好長一段時間了，自從家裡的人知道我和納十在交往之後，納十也常常來找我，每次他和杰普哥聊天時，看起來好像很合得來；就像我先前提到過的那樣，我哥有時候很喜歡找碴，會拿我們的事情調侃我，卻能夠和納十談笑風生，感情好到令我有點訝異。

我和一哥感情都沒辦法好成那樣。

「為什麼要用那種眼神看著自己的哥哥？我不會從你手中搶走納十的。」

「神經病，誰會那樣想啊？」

杰普哥坐在我旁邊，納十就站在我們中間，他伸出手來纏在我的腰上，所以在跟杰普哥談話的時候，就得移動身體扭頭去看對方。

我朝著杰普哥齜牙咧嘴，發狠道：「如果哥想要搶走納十就儘管拿去吧，反正我有棕蒲姊。」

「那是我老婆。」

我的臉頰被輕輕地捏了一把。

「至於我則是基因的老公，老公被其他人搶走，這樣好嗎？」

眼見納十說這些話的時候，眼神裡面滿是戲謔，我拉開他的手。

「還不是因為杰普哥找我麻煩。」

「什麼鬼？我找你麻煩，一不高興就跑去跟男朋友告狀。」

「哥把啤酒還給我，不用喝了，想喝自己去拿。」

我們坐在涼亭裡面聊了一會兒，或許是因為天氣越來越熱，杰普哥先行告退，跑回家裡洗澡休息去了。至於我則是沒有特別的事情要辦，今天晚上甌恩阿姨邀請我去住上一晚，再加上我昨天一整天都沒有見到納十，索性不管三七二十一，先回家去取一些隨身物品，然後就直接過去吧。

星期天的塔納幾派森家族的屋子裡面，顯得非常的安靜。一哥剛好帶著甌恩阿姨到醫院做健康檢查，至於瓦特叔叔則是和朋友一起出去打高爾夫球了。

「那你為什麼沒有陪著甌恩阿姨一起去醫院？」

「是媽讓我來接基因的，如果不去接你，待會兒堤普叔就不會讓你來了。」

我沒有繼續回應，上樓放好物品之後，默默地走到樓下去。

還剩下不到幾個階梯，好巧不巧地瞄到有一間房間的大門就這麼敞開著——或許是因為先前有人進來打掃過。通常這間房間是關起來的，每次經過這裡的時候，我都看不到裡面的情形。這一次我倒是清楚地看見了內部，這些家具很眼熟，使我回想起一些往事。

「那個房間……」

「嗯？」

「不正是你的鋼琴室嗎？」

我停在那個房間前面，把頭探進去。

室內寬敞，在大門的對面有一大片玻璃窗，房間的天花板相當高。除了放在角落的電子喇叭音響之外，桌子上還擺著老式的唱片播放機。物品的主人應該就是瓦特叔叔，他老人家很喜歡蒐集古董，至於鋼琴室裡面最吸睛的東西，就是那架在窗戶附近的黑色亮面平臺鋼琴。

陽光灑在它的身上，那幅畫面讓人宛如置身在一座美麗的城堡裡某位公爵的房間。以前……我曾經進到這裡玩耍，印象模模糊糊的，不過依稀還有一些記憶。

在納十小的時候，甌恩阿姨曾經請老師到家裡教他鋼琴，我記得他老是喜歡蹺課溜出去找我玩。他的上課時間被安排在週末下午，那個時段我剛好也沒什麼事。

「你還記得啊？」

「當然記得，你曾經彈過，而且以前個子才這麼小……」我張開手，比劃給納十看。「你甚至是個很任性的孩子，老是喜歡蹺課。」

「我是為了基因才蹺課的。」

「所以甌恩阿姨才會在你上課的時候，請我待在這裡玩，我記得。」

納十笑著。

見納十不發一語，我就邁開步伐朝裡面走，我在那架鋼琴旁邊停下腳步，琴蓋剛好是打開的狀態，我將手指按在一個白色的琴鍵上面，明亮的聲音響遍了整個房間。

「你還有在彈琴嗎？」

「偶爾會彈，但是不常。」

「為什麼啊？不喜歡嗎？」

「並不是不喜歡，只是沒什麼興趣而已。」

我輕輕點頭，先是望向鋼琴接著注視著納十。「可以彈給我聽聽看嗎？」

納十稍微挑高眉毛，似乎是很訝異，但隨即又開口問道：「想要聽什麼曲子？」

「都可以，你就直接彈吧。」

納十順著我的意，走到鋼琴前面坐下來，首先將手抬起來立在琴鍵上，接著不疾不徐地在琴鍵上面彈奏起來。

鋼琴聲環繞整個房間，那是一首速度緩慢的曲子，但不是那種拖泥帶水或是聽起來很哀傷的曲子。我不太常聽這類型的音樂，所以不知道他彈的是哪一首曲子或者是誰的作品，不過很悅耳。有那麼一瞬間，我情不自禁地站到他前面，眼睛眨也不眨地凝視著他。

納十露出淺淺的笑容，目光專注在琴鍵上。納十常常會對我笑，但是他通常會表現得很沉穩，看起來令人猜不透。當他像這樣子坐著彈鋼琴的時候，他給我的感覺溫暖了不少。他的側臉沒有被陽光照射到，呈現出淡淡的陰影，他移動中的修長手指很適合放在琴鍵上面。

我曾經把他看作是王子一樣，而現在……我忍不住拿出手機，像是失了神地按下快門。我的腦海裡浮現出納十小時候的模樣，與現在重疊在一起。

我曾經坐在另一個角落注視著小納十彈鋼琴，第一次聽到時，覺得他實在是太棒了，反觀自己天天只知道踢足球、玩遊戲，和他完全無法相提並論。

那個時候的孩子，現在居然變成了坐在我面前的這個納十。

真不敢置信，可是我依然感到很高興……

很高興納十再次來找我，很高興他就在我的身邊。

「你……」

曲子一結束，我就走到他旁邊，臉上堆滿了笑意。「你可以再次成為我小說中的男主角了。」

「如果基因是另一位男主角，那當然沒問題。」

納十伸出他厚實的手掌抓住我的手臂，把我拉下來坐到同一張椅子上。

「……很帥。」我開口誇獎他，不過發出來的聲音相當輕柔。

「應該是那樣，不然怎麼會有人偷拍呢？」

「……」

我張著嘴卻百口莫辯，只好轉向其他地方，同時感覺到自己的臉頰隱隱發燙。另一邊是一片透明的玻璃窗，外頭是被花草樹木妝點的庭園，雖然沒有聽到聲音，不過光是看到它們搖曳生姿的模樣，就知道有清風不斷吹拂。

我再度把視線轉回來，早就料到會撞見那張熟悉的臉龐以及凝視的眼神，卻沒有預料到會看到他此刻蘊含著各種情緒的笑容。

不知道是不是被氣氛所感染，我脫口而出——

「十，我不知道對你來說，到底有多喜歡我？」

「……」

「我喜歡你。」

「……」

「而且未來會越來越喜歡，還會比現在更喜歡，然後會超越你對我的喜歡。」

不曉得是不是我眼花了，我彷彿看到納十最燦爛的一次微笑。

一道光線穿透進來，溫暖了整個房間，那份溫暖，和身邊這個人的嘴脣是如此的相像……

特別篇一

納十與基因的照片篇

那個時候納十就讀高三。

從初中開始，爸媽就把他送到國外讀書，和他的哥哥一樣。因為家族企業的需要，納十從來不會說出「不」這個字，但是獨自一個人在異地生活，各方面還是得去調整適應。任何事情都得親力親為，學習從來不曾看過的新事物，這就是塔納幾派森家族教育孩子的方式。

或許是運氣好，塔納幾派森家族的孩子們從小頭腦就很聰明，納十沒花多久就習慣了當地的風俗民情。他出去玩、參加派對、加入運動社團，然後也接了一些工作，就連性方面也和一般美國青少年一樣開放。

即便他是亞洲人，但因為他的身材以及長相頗具優勢，所以並沒有遭受到排擠，還能夠笑著應付好幾位金髮女孩。人們會把各自的床事當作經驗分享，向朋友們炫耀，這樣的日子過了一段時間之後，納十開始覺得那些已經嘗試過的新奇事物無法再次吸引他的注意力了。

「臭十。」

「嗯？」靠在沙發上的納十一聽到叫喚，就從手機螢幕上抬起頭來。納一穿了件厚重的灰色針織毛衣，脖子上繞了一條圍巾，從樓上走下來。「我要出去找一下朋友，今天你沒有要出去吧？」

「嗯。」

「確定嗎？我可能會晚一點回來，幫我收一下包裹。不跟女朋友出去了嗎？」

「分手了。」

「哈？」作為哥哥的納一皺起眉頭。「又分手了？你的臉看起來不像是個會花心的人。」

「……」

「就這樣吧，麻煩幫我注意一下，有什麼事情就打電話給我。」

納一打開大門走出去，就在那瞬間，一道冷冽的風灌進屋內，使得立在一旁的暖氣機送出的風被削弱了好一會兒。身為弟弟的納十並不是很在意，仍舊文風不動地盯著手機螢幕看。

花心？他才不是花心的人。

每一個和他交往過的女生，都是因為聊得來才會走在一起，本以為可以一直走下去的。他和第一位交往的女朋友之間並沒有初戀的感覺，也沒有特別喜歡哪個人的感覺；當然很多女孩子們也一樣，有的時候，她們只是想要有一個伴、一個朋友，但是交往一陣子之後，就會發覺一切全變了調，所以又分道揚鑣。

就算納十當時才高三，但是這裡的青少年在思想上面是相當早熟的。性愛是很稀鬆平常的事情，其實……太過頻繁的性愛也讓他覺得無趣，後來就變成了一件很平常的事，不會再有興奮的感覺。

甌恩梧瑪：(發送照片)

甌恩梧瑪：媽請人送了些泰式香料過去喔，孩子們記得要收包裹喔。

甌恩梧瑪：今天媽去拜訪嵐姨，我們的鄰居，還記得嗎？今天是那位阿姨的生日，她的孩子也都一起回來了。

甌恩梧瑪：見到他們，媽媽就開始想念一還有十了。

納十看著陸陸續續跳出來的訊息，來自世界的另外一端。這裡天色已經暗下來好一段時間了，遙遠的那一端還是大白天，正好是吃飯時間。

甌恩梧瑪：還記得基因嗎？孩子，基因跟杰普，他們都長成大人了。

甌恩梧瑪：見到他們，媽媽又開始想念一和十了。

基因？

看了媽媽發送過來的訊息，大腦自然而然地會開始回想過往，納十想起隔壁的那棟房子，他小的時候很喜歡跑過去玩，那家人的小兒子也正好很喜歡跟他玩，幾乎整天都膩在一塊。

就連現在納十也能清楚地記起「基因哥」的臉，就算已經過了好多年了。

他和對方相差六歲，但是關係卻比跟自己的哥哥還要親密，自從對方從那個家搬出去之後，就幾乎不曾再見過面。後來他到國外深造，從此就沒有再聯繫過對方。

當媽媽提起對方，納十才突然開始有些想念那個人。

他動了動手指，原本是想打字向媽媽要求要看照片，但是又不想要太過在意對方，最後僅發送一張普通的貼圖。他在客廳的沙發上坐了好一段時間，然後才上樓洗澡準備睡覺。

臥室很溫暖，和傍晚的室外氣溫不同，身材高䠷勻稱的納十一腳跨上床，再次拿出手機，點進去久久才會看一次的臉書。為了看一下家鄉那邊的人的動向，他的食指不斷上下滑動瀏覽訊息，臉上沒有任何的情緒。睏意逐漸襲來，但是在睡著之前，他看到一則狀態……

納十和發布貼文的人不是好友關係，但是對方和他媽媽是朋友，因此才會被標注在裡頭。

Jeb Jarernpipat 發布了一張照片：
今年媽媽又老了一歲了，哈哈哈哈。

照片是六個人的合照，背景是一片寬廣的庭園以及一張長桌。照片裡面有納十的爸媽，還有住在隔壁的提普叔和嵐姨，不過……最吸引納十目光的那個人，是照片最右下角的一個男人。

對方笑得很開懷，眼睛都瞇起來了，抬起手來比出兩根手指頭，另外一隻手則是拿了一塊看起來很美味的甜蛋絲蛋糕。他嘴角髒兮兮的，沾上了一些奶油，像是剛被某個人捉弄地砸過蛋糕。他笑起來的時候，臉頰上圓滾滾的肉都跑到兩側。

納十無法從那個人的身上移開視線，就在那一分鐘，他的手腳詭異地感到一陣酥麻。

用不著別人來告訴納十，他馬上就能夠辨識出那個人是誰。

是他的「基因哥」。

從對方身上穿著的白色制服來看，知道他還是一個大學生，已經好幾年沒有見過面了，如果計算一下年齡，對方現在應該是在讀大學。

納十通常不是一個會去關注旁人的人，但是這一次，他沒有辦法控制住他的手指，所以就點進去瀏覽杰普——也就是對方哥哥——的臉書。

他往下搜尋到杰普所發布過的狀態，以及被標注的人，也就是他正在意的那個人。

Jeb Jarernpipat 發布了兩張照片：

弟弟帶我來看電影，發什麼神經要看外星人，看了都要吐出來了，但是在臉書上的你們應該會很喜歡。Orz

照片是三天前發布的，一張是在曼谷市區一家百貨公司裡面的電影院，以及最後一排的電影票；另一張則是基因穿了件休閒汗衫和牛仔褲的照片，他抱了一桶爆米花，另外一隻手則是拿了一大杯飲料，嘴裡含著吸管。這張不經意的照片讓杰普幾個臉書好友跳出來，很搞笑地留言取笑他的弟弟。

……但是對納十來說，只有一個想法從腦海裡跳出來，那就是「可愛」。

不曉得是大腦的哪一個部分驅使……

納十把那張照片儲存到自己的手機裡面。

Jeb Jarernpipat 發布了一張照片：

這個笨蛋弟弟，犯蠢把家裡搞得亂七八糟的。

這張照片是去看電影的前一天發布的。

畫面是對方的家中庭園一隅，納十覺得有些眼熟，又有一些陌生。前方的花園被修剪成一個四方形，屋主兒子的身影出現在畫面裡，他一屁股坐在地上，藍色的水管掉落在一旁，灑水頭脫落掉在另外一邊。水管裡面噴出來的水灑得到處都是，就連跌坐在地上的那個人，身上的衣服都溼透了。

薄薄的襯衫完全服貼在他身上，由於對方把兩隻手臂撐在身後，因此胸部還有脖子自然地向前挺了出來，潔淨的白色襯衫上有兩個非常顯眼的小點突出。

納十濃密的眉毛隨即皺了起來。

他在心裡咒罵一聲，因為突然之間，他感覺到身體起了不尋常的生理反應，竟然只因為這張照片。

他點進去看了留言，發現有不少人在底下回覆。

Jiranon Jarernpipat：杰普哥，不要再發布別人的照片了，你是在發什麼神經啊？哈!?

（回覆）Jeb Jarernpipat：附上影片。

正在看訊息的納十，毫不猶豫地點進去看影片。

「吼，杰普哥把水關起來啦。」

「哈哈哈，到底是誰說要幫忙替樹木澆水的？所以你到底是在幫忙澆水，還是在幫忙用屁股把草壓死啊？」

「可以先幫我把水關起來嗎？還有你為什麼要錄影啊？」

基因舉起白皙的手臂撥掉臉上水珠，從地上狼狽地撐起身體站了起來，衣服緊貼著身軀，可以清楚地看見他整個身材的比例。從影片裡可以聽得出來是男人的聲音，但是依舊很可愛，時不時地大聲嚷嚷。

最後這支影片結束了。

臉書的版主還有非常多則捉弄自己弟弟的發文，納十不停往下看，一點都不會覺得膩，所有的照片及影片都被他儲存在電腦裡。當資料累積得越來越多，他就建立一個資料夾，命名之後把這些資料做區分。

那個晚上入睡之前，他滿腦子都是那個多年未見的鄰居大哥⋯⋯

某一天早晨。

納十眉頭微皺地醒了過來，輕輕地吐出一口氣，昨天他又夢到基因哥了。自從那天晚上看到照片之後，納十就再也無法將對方的畫面從腦海裡趕走。

他有關注基因的臉書，但是對方竟然不太常發布貼文，除了久久換一下大頭貼或者是封面照之外，不太會放自己的照片；不過基因的哥哥，也就是杰普的臉書上面，反倒是有一堆基因的照片，因此他就持續地追蹤對方的照片以及一切動向，像是個精神病患一樣。

當然了，就連閉上眼睛在睡覺的時候，偶爾也能看見基因的畫面。

納十也不想要變成這樣，但是他無法控制自己的潛意識。

他看到基因躺在自己寬大的床上，臉上帶著紅暈，靦腆地對著他笑。基因抬起雙手環抱住他，張著小嘴溫柔地叫他「十」。

這就像是青少年會幻想的畫面，但是他的對象不是身材性感火辣的女人，竟然是鄰家那位可愛的大哥哥，而且自己一直以來都把他當成是哥哥。

納十日復一日地盯著基因的照片，最後這些感覺不斷積累成一座巨大的雪山。

想要看到本人……

想要抱著他。

想要親他。

想要像在夢裡那樣狠狠地親吻他。

打從看到照片的那一天起，這個想法還有感覺越來越強烈，就連納十有時候也會覺得害怕。

納十知道自己決定要怎麼處理這件事情了。

「你大學的事情最後決定怎樣？要申請這裡的 University 嗎？」納一一邊把自己的物品收拾到行李箱裡面，一邊開口問道，眼角餘光稍微瞥了一下站靠在大門前的弟弟。「其實這裡的也不錯啊。」

「不了，我要回國。」

「啊？所以你是改變主意了嗎？」

被問話的人只有點頭回應。

「嗯，回國也行，爸媽同樣很想念你。」

「……」

「我要是不在了，你不要把女孩子帶回家啊……不過最近看你也沒有跟哪個女孩子在交往，也好。」

納十目送納一坐上計程車前往機場準備回國，至於他自己，還剩下一年的時間才能夠畢業。

以前從來不曾在乎時間過得快還是慢，但是此刻竟然羨慕起自己的哥哥。

進了屋子之後，納十再次拿起手機，就這樣沉默了一陣子。或許是因為受到納一回泰國的這件事影響，讓他感覺到無法繼續只是望著思念的人的照片，他動了動手指，下定決心要發訊息給某個人。

Nubsibtanagipaisarn：杰普哥。

Nubsibtanagipaisarn：還記得我嗎？

他需要一個……能夠把「他的基因哥」的一切都說給他聽的人。

特別篇二

數到三十一之二達姆哥與他的任務篇

「我不是早就說過了嗎？我不會再接這種工作。」

達姆一臉凝重地點了點頭。「那個我知道，但是這個才剛聯繫，真的是最後一個工作了。」

他目不轉睛地將這個身材高大壯實的男人從頭到腳審視一遍，努力裝出令人同情的眼神，可是對方看也不看一眼，只是一味地注視著手裡的手機。

兩、三天前，達姆的親姊姊大諳姊，也就是模特兒公司的老闆打了通電話找他，說是有一位從國外留學回來的第三性女房東，希望納十和邇頤可以一起接一份走秀的工作；不過由於她和納十已經擬了一份新合約，而且簽訂完成了，在無法強制對方的情況下，她才會請達姆以「拜託」的方式去說服納十。

這場青年時尚走秀的工作預計在聖誕節前夕舉辦，也就是在三天後。在這之前，達姆先和邇頤談定了——起初對方還有些不情願，達姆很清楚這兩個人是一對不太想一起工作的螢幕情侶，不過他費盡唇舌，花了大概兩個鐘頭的時間終於讓邇頤首肯，現在就……

只剩下搞定他自家的孩子。

達姆的姊姊不想要拒絕房東莉莉女士，因此才會拜託納十幫忙最後一次。

「這次不只有你跟邇頤兩個人而已，她邀請了所有演員，不會有什麼問題的，我已經讓姊保證這次真的是最後一次。」

「哥相信自己的姊姊啊？」

「我……」達姆不曉得該怎麼回答才好，因為他心知肚明。「好啦，如果還有下一次，我保證會自己處理掉，合約你也拿到了；另外就是……我看這個工作邀請的是所有人，幾乎涵蓋了每一部年輕人在看的電視劇演員，如果你不去，看起來會像是在耍大牌。」

「……」

「好嘛，臭十，看在我的面子上，我這個微不足道的經紀人，人畜無害。」
「……」
「我是你老婆臭基因的好朋友，給個面子嘛。」
達姆一提到自己作家朋友的名字，原本靜默不語、一味盯著手機的那個人，似乎稍微用眼角餘光睨了下，他立即乘勝追擊地繼續說道：「臭基因不會有意見的，他是個超級講道理的人。」
他嘴上這麼說，心裡卻又抱怨又期盼地不斷哀號著：拜託趕快答應這個工作吧！要他來拜託這位王子般的臭小子，對他來說是困難度最高的一個任務。
納十這個人對工作方面的事情不是很關心，他家本來就很有錢，每次都要費盡九牛二虎之力或是費盡脣舌去說服他，真他媽的令人心累。
「那這樣吧。」
「怎樣？」達姆非常積極地走到納十對面坐下來。
「這陣子基因不願意回來跟我睡……」
「……」
「如果哥有辦法讓基因回來跟我一起睡，我就答應你。」
達姆一時之間傻住了，緊接著感到極度的困惑。「那你為什麼不叫基因回去住呢？」

納十把頭抬起來注視著他，像是在看小丑一樣。「哥難道以為我沒有試過嗎？」

「敢情是基因不願意了？」

……還不是得怪你把他趕回自己房間睡。達姆很想這麼說，但是只敢放在心裡。

「你自己處理比較好吧？你點子不是很多嗎？我想，你出手效果會比我好吧？」

這一次，納十以炯炯有神的眼睛直視著他。「這次我想讓哥來處理。」

「為什麼？」

「不為什麼。」納十語氣平淡地回應，又低下頭繼續注視著手機螢幕。「想讓我答應合約上沒有協議的工作，自己卻不願意付出任何東西作為交換，是這樣嗎？」

「等一下，ＯＫ、ＯＫ。」達姆舉手求饒。「可以，我答應你，這件事情我來想辦法。」

見自己旗下的藝人微微點了點頭，達姆不由得感到相當不悅，真不曉得自己到底算不算得上是經紀人？可是想來想去，這件事情其實他的姊姊要負比較大的責任，熊掌與魚都想要兼得，所有的重擔最後都落到他頭上，實在是太過沉重了。

就像一直以來說的那樣，幸好他是納十的經紀人，雖然這個孩子安靜了一些、恐怖了一點，但是相較於某些人，和對方一起工作還比較舒坦。假如沒有做出什麼超出底線的事情，納十就不會有怨言，準時來上班，而且做起事來非常的專業。

一想到這裡，達姆不免替對方將要告別演藝圈的決定而感到惋惜。

就這樣吧……

達姆從沙發上站起來。「你接下來兩天還有考試對吧？」

「對。」

「那麼今晚我去你的房間，現在我先去打電話給基因。」

話一說完，不等納十回應，達姆就把手機從褲子口袋裡掏出來，打開LINE，撥了通視訊電話找基因。對方現在若不是在睡覺，那應該就是和平常一樣在看電影或是電視劇吧？

達姆心想，倘若納十都開口了，基因卻依然不願意回去住，那就表示，如果只是很普通地和他溝通，肯定達不到目的。

他從辦公室移動到小小的廚房角落，這裡是讓員工可以準備飲料給客人的地方。

達姆拿出紙杯打算泡杯咖啡給自己喝，在這段期間，手機螢幕剛好從等候接聽的頁面變成了移動中的畫面。

「喂，怎樣？」

「臭基因，你在幹麼？」

「剛睡醒，你打視訊過來給我看的是什麼東西啊？」

達姆的手沒空，所以把手機螢幕朝上，然後放在附近的流理臺上方，基因自然是看到了天花板。

「抱歉啦，我正在泡咖啡。」

「跟納十在一起嗎？」

「嗯，他才剛從學校回來，在辦公室裡面看工作行程表。」

「考試考得怎麼樣？十有跟你說嗎？會寫嗎？」

「你是不會自己打 LINE 去問他嗎？」達姆說道，他把砂糖加進咖啡裡，忙完之後就拿起手機和對方談話。

他看見基因身上還穿著用來當作睡衣的寬鬆汗衫，淺咖啡色的頭髮有些雜亂，睡眼惺忪，真的就是剛睡醒的人該有的樣子。基因沒有看向鏡頭，不過手機倒是被拿在他面前，他似乎是在洗手間和臥室之間兩地跑，來來去去地走動，看得眼睛都要花了。

「都說了才剛睡醒嘛。」

「我只是無聊喝咖啡休息一下，所以就想找朋友聊聊天。」達姆扯了個大謊。

「喔！也太奇怪了，我想起以前你約女孩子去 Siam 玩的事情了，因為很緊張所以打電話給朋友，要人家一直拿著手機等。」

「畜生，你竟然還記得這件事情。」

「我朋友的傻事我當然記得。」

一看到基因在螢幕裡的表情，達姆就想要提一些大學時期的糗事來取笑對方。不過權衡一下利弊，他不想要讓基因心情不好，所以改口說道：「那你現在是住在自己的房間嗎？」

「啥？嗯對。」

「你還沒回去跟臭十一起睡嗎？」

「還沒。」基因表情困惑。「你不是也知道嗎？」

「啊……我忘記了，工作太累了。」

「得等到電視劇播完才能回去住，防患未然。假如有其他公寓住戶看到我進出納十的屋子還偷拍賣給記者，那我不是要倒大楣了？」

「他們只是禁止你們在外面親近，在公寓裡面沒有什麼問題的，只要小心一點就好了啊。」

「還是很危險啊。」

基因拿著手機走到廚房，從櫃子裡面翻找出食物來。達姆看著他咬了一大口三明治咀嚼著，腮幫子被撐得鼓鼓的。

「這樣睡就好了，再忍一陣子就行了。」

「我看納十常常去你屋裡玩，其實就跟住在一起沒兩樣。」

「當然不一樣啊，因為沒有留下來過夜啊。」

達姆偷偷地翻了一個大白眼，為什麼這一回不像他所想的那麼簡單啊？

「我看你們過得這麼辛苦，也忍不住替你們感到難過，就只是睡在一起而已，你們就做吧！沒有那麼嚴重啦。」

「……」

「你們住在同一棟公寓，這件事情大家都知道。」

「達姆，你怪怪的喔？」

「怎……怎樣？」

「為什麼要勸我回去跟納十一起睡？」

達姆手中的咖啡晃了一下，有一、兩滴咖啡被灑出來，幸好電話另一頭的人沒有看到。達姆在心裡咒罵了數百萬字，因為他被燙到了。他趕緊把杯子放下來，抽出衛生紙擦拭，緊接著開口說道：「我是看你跟納十的情形覺得很同情，請你多看看我好的一面可以嗎？你也知道我從一開始就沒有站在我姊那邊。」

「還不是因為你突然這樣子說，我才會起疑心。」

「納十就像是我的弟弟，而你是我的朋友，我也想要讓身邊的朋友過得開心啊。」

「喔！」

「……」

「你不要那麼嚴肅啦！達姆。再一、兩個月，電視劇就要播完了，我OK的。」

你OK，但是你老公不OK啊！達姆沒有把心裡的話喊出來，他只回了這麼一句：「嗯嗯，那就好，但如果你覺得寂寞了，或是想念對方之類的，千萬不要一個人在那邊自虐啊。」

基因眨了眨眼睛。「嗯嗯，那我就先去洗澡嘍，想去洗個頭。」

「啊……嗯嗯，去吧，我咖啡剛好也喝完了，謝啦。」

「嗯，OK，再見。」

通話切斷之後，達姆嘆了一口長氣，剛騙基因說喝完咖啡了，其實是連一口都還沒有喝到。他把手機收起來，這才把咖啡杯靠在嘴上。

計畫一，失敗。

達姆在心裡擬定的計畫立刻就被否決了。他起初以為只要稍微勸勸朋友，應該就能簡單地完成任務，結果事與願違。

就剛才接收到的訊息來看，基因也是很努力地在忍耐不讓問題重演，先辛苦一下，等後面再來享受；而他旗下的那個孩子應該也很清楚這一點才是，可是卻忍受不了，心急如焚地想要抱自己的男朋友睡。

若是被別人發現這件事情，應該還有其他解套的方法，但是要使出什麼卑鄙的手段讓基因再次回來睡就……

我操。

達姆恍然大悟，他發現自己正在被人利用。假如要誘騙基因，納十或許就是不想要惹基因生氣，所以才會借刀殺人。

達姆的臉皺了一下，舉起咖啡杯一飲而盡，丟進垃圾桶之後走回辦公室。既然已經答應了就沒辦法了，開始擬訂計畫二。

「今天晚上我就在你房間待一下吧。」他和那個一直坐在沙發上玩手機的人說話。

「你高興就好。」

納十沒有過問剛才出去講電話的事情，應該是早就猜到結果了。

達姆實在是無奈到了極點……

到了傍晚。

達姆把一切都打點好了，他把原本裝著脆皮豬肉炒飯的空盒子丟進垃圾桶裡面——這是他在晚餐時段請下屬到隔壁熱炒店買好的食物。他看了一下手機時間，快要晚上十點了。

納十則是在晚上六點就早早回去公寓，和基因共進晚餐。

達姆從公司開車出發，開在熟悉的路線上。自從和基因再次聯繫上之後，他就經常過去拜訪，頻繁到保全都能記住他的臉，問也不問地直接把柵欄升起來放行。他把車子開到訪客停車格上，隨後按下密碼，順利地上了樓。

一開始他還猶豫不決地不知道該敲誰的門才好，最後還是走到自家孩子的大門前。

「你在自己的屋子裡啊。」

當納十走出來開門時，他打了聲招呼，語氣是訝異與不訝異參半。

「基因叫我回來的。」

達姆只能以同情的眼神看著對方。

他雖然很想笑，但又怕笑了會惹禍上身。

納十身上依然穿著學生制服，手中還拿了一些資料，應該是上課的講義。看這個情形，今天基因會那麼早趕納十回去，或許是因為他明天有考試，想讓他專心讀書。

「你不用招呼我啊，你就專心讀你的書吧。」

「我也沒想過要招呼你。」

「……這個畜生。」

達姆在沙發上坐下來，納十也走回臥室。達姆沒有跟自己的朋友說他現在正在納十的屋子裡，也不急著要進行第二個計畫。

他坐在沙發上，前三十分鐘就是純粹的休息，後三十分鐘，他開始打開手機瀏覽社群網站；後續又過了三十分鐘，他主動跑到冰箱前翻找冰淇淋來吃，這家的幫傭會固定補充各種口味的冰淇淋。

最後時間終於來到了凌晨十二點，達姆從躺了很久的沙發上跳起來，打開客廳旁邊的陽臺大門走出去。

當然嘍，他有把玻璃門關得牢靠，才不會被納十發現自己正在幹什麼大事。

陽臺旁邊就是基因的臥室，裡面發出微弱的光芒，也就是說基因尚未就寢。非常幸運的是，對方的玻璃門是敞開的，只關上了薄薄的紗窗。

達姆知道現在所做的事情像極了腦殘，可是也別無他法。他從YouTube上面找到一支有女鬼哭聲的影片，接著把音量調低，讓對方能夠聽見。

幽幽的求救聲連達姆聽了都要起雞皮疙瘩了。

夜裡的涼風一陣一陣，拍打在基因房間的窗簾上，使得它輕微地飄蕩著。

若不是看到樓下其他住戶的燈還亮著，還有車輛陸陸續續地經過，達姆想自己應該也會腳軟吧？但是為了工作，也為了不想要聽到自己姊姊那令人厭煩的抱怨聲，他咬牙忍了。

達姆等著聽見朋友從臥室裡落荒而逃的聲音，不曉得會不會害怕地跑過來敲隔壁鄰居的門？或許會過來拜託納十陪他一起睡覺，然後整個晚上心驚膽顫地埋在人家的懷裡睡……這樣一來，自己的任務就完美地達成了……

吱呀。

隔壁的紗窗竟然被打開來。

達姆的心臟差點就要停止了，得立即躲到角落才行，他急急忙忙地關掉影片的聲音。

「是誰在大樓裡這樣子哭喊求救啊？」

源。

「……」

「是鬼嗎？」

結果基因並沒有哭著跑去敲男朋友家的門，反而不疾不徐地走向聲音來源。

達姆的眼睛差點就要瞪出來了，他拉長脖子偷偷地觀察，微微地張開嘴巴。他看到基因除了一臉疑惑之外還有些惱怒，左右張望，像是在找鬼……唔，或者是找些什麼東西的樣子。

絲毫沒有半點害怕。

「是鬼或是什麼東西都好，但是麻煩安靜一點好嗎？吵到別人看電影了。」

「……」

基因話一說完就轉身進去，關上紗窗，還嚴實地鎖上玻璃門。

達姆就這樣傻傻地站在原地好一段時間，最後才慢慢地從藏匿的地點走出來。他環顧四周，心想，就算繼續播放影片，基因也聽不見了，如果要讓對方能夠聽見，或許得買個大型喇叭來播放；但若是真的這麼做，可能會被全部的住戶處以私刑，結論就是……

計畫二，失敗。

達姆搖搖頭，打開玻璃門走回室內，但當他抬起頭，卻被眼前的景象嚇了一大跳。

「臭……臭十。」

已經洗過澡、換上睡衣的納十，雙手抱胸站在前面，那雙灼灼的眼睛靜靜地盯著他。如果是像平常一樣的沉默倒還好，但是這次的沉默，對方似乎是刻意想要讓達姆知道他正在想些什麼。

「出……出來也不出聲，站在這邊做什麼？老子都要被你嚇死了。」

受到剛才自己播放的影片影響，他的心情甚至都還沒平復下來呢。

「這是在幹麼？」

「啊……」達姆不知道該怎麼回答才好，立刻把眼神別向其他地方。如果被這個孩子知道，剛才自己出去是為了播放女鬼的哭聲嚇他男朋友，保證自己會死無全屍的。

「播放鬼聲整基因嗎？」

既然都知道了為什麼還要問啊！

「嗯。」達姆舉起手推了下滑落到鼻梁的眼鏡。

本以為自己會被責罵，可是納十卻只是朝他投以詭異的眼神。

「基因不怕鬼，你不是應該知道的嗎？」

「……哈？」

達姆重複一遍他的話，但是不需要讓對方多作補充，他的腦袋忽然想起這件事。對呀……通常基因會看的電影都是驚悚類型，不然就是外星人、鬼怪或者是刑事懸疑片，就算他現在改寫ＢＬ小說，可是以前他寫的就是這類型；而且基因從來沒有說過自己會怕，甚至還能夠在大半夜待在昏暗的房間裡看鬼片……

剛才他的影片鬼叫聲，可能還打擾到對方看驚悚電視劇了……

這下子該怎麼辦才好……

就連知道不是鬼的他，而且還是他自己播放影片的，也都嚇到差點要尿褲子了。

達姆心想，基因實在是Man到不行。

來到了計畫三……

既然無法再拿鬼來嚇基因，那達姆乾脆就騙基因說納十被鬼嚇到好了。

本來他想要抓一隻小強放到基因的臥室裡，但是這個做法似乎不太好，要是基因發現之後勃然大怒，那可真是白白找罪受。

達姆回過頭來好好地思考一遍，他回想起大學時，曾經在晚間約基因一起去學校前的店家喝酒，那附近的排水管忽地冒出了小強，雖然基因當下大呼小叫，但是卻一腳直接送牠上西天……

他不需要再浪費時間到公寓樓下去抓小強了。

達姆傳了一則訊息給他的朋友。

達姆（聯繫工作請打辦公室電話）：臭基因。

達姆（聯繫工作請打辦公室電話）：在幹麼？我有事情要跟你談。

達姆（聯繫工作請打辦公室電話）：非常重要的事。

花了一段時間等待回應，十分鐘過後，他的手機這才震動了一下。

Gene：幹麼？

Gene：我在看電影。

達姆（聯繫工作請打辦公室電話）：是納十的事啊。

達姆（聯繫工作請打辦公室電話）：打電話過來給我，他的聲音聽起來很沉重。

Gene：哈!?

Gene：為什麼？納十怎麼了？

接連不斷發送過來的訊息讓達姆露出了笑容。

這麼擔心人家，無論如何，今晚他朋友肯定會帶著枕頭跟被子過來陪男朋友。

達姆（聯繫工作請打辦公室電話）：他說他好像看到鬼了。

達姆（聯繫工作請打辦公室電話）：他聽到女人的哭聲，不曉得聲音是從哪邊傳來的。

他試著把訊息打得很委婉，大概是納十也不知道聽到的聲音是什麼，這樣看起來才不會太令人討厭，而且也比較不會被懷疑，得善加利用自己剛剛播放鬼片所做的努力。

Gene：嗯，我也有聽到。

達姆（聯繫工作請打辦公室電話）：幹，真的嗎!?你們公寓裡面有鬼啊？

達姆（聯繫工作請打辦公室電話）：也太可怕了吧？

Gene：不，我想應該是從哪戶人家那邊傳來的，可能是在看電視吧？現在就沒聲音了。

Gene：鬼是不存在的。

「……」

讓他死了吧！達姆實在是很想衝出去把那邊的門踹開，然後把自己的朋友抱起來丟到納十床上，盡早了結這一切。

達姆（聯繫工作請打辦公室電話）：真的假的我也不清楚，我只知道納十會害怕。

達姆（聯繫工作請打辦公室電話）：他說書都讀不下去了，但是不想要打擾你。

Gene：真的這麼說？

Gene：等一下我處理。

最後一則傳過來的訊息令達姆樂開懷，立刻從沙發上站起來，走到廚房裡躲藏，以防基因拿著備用感應卡打開納十家門時看到他，事情才不會功虧一簣。

達姆躲藏在冰箱旁邊，但是從他的角度能夠看到外面的情景。

原本正在臥室裡讀書的納十，忽然間打開了門。他的出現令達姆眉頭一緊，接著看到納十直接走向陽臺，拉開玻璃門跨出去。

等等，怎麼會是錯的人開了錯的門呢？

交談聲隱隱約約地傳過來，達姆躡手躡腳地走出廚房，躲到陽臺的玻璃門附近，然後就安安靜靜地豎耳傾聽。

「你專心唸書吧，沒事的。」

納十保持緘默。

「哦，怎麼可能會有鬼，應該是別戶人家的電視裡傳來的聲音啦，如果真的有鬼，早就跑出來嚇我們了，不會突然想到要在今天出來嚇人。」

「……嗯。」

「如果你還是不放心，把這個帶在身上，這是一位認識的阿姨拿來給我的。」

「……」

「不要露出那副表情嘛，過來這裡，快……」

在那之後，達姆就聽到衣物窸窸窣窣的摩擦聲，他們兩個人可能正在擁抱或是互親吻臉頰，抑或是在做其他事情。他只知道，納十的表情已經不是常人會表現出來的神情了。

不到幾分鐘，納十又再次回到室內，把玻璃門關好。

納十轉身過來看向他，即便眼神裡沒有透露出任何情緒，但是他整個人所散發出來的氣息，讓達姆很想把自己縮得跟螞蟻一樣小，緊接著逃離現場。

啪！

納十把手裡的某樣東西丟在沙發前的矮桌上，眼角再度睥睨地看向達姆，隨後就回到自己的臥室。他一句話也沒有說，但是眼神早就說明了一切。

達姆移動了下身體，轉身去看被納十丟在桌上的東西，接著整張臉都綠了。

一本經文。

該死的基因……雖然他的朋友是那種傻傻笨笨、很好捉弄的人，但有時候這種傻勁也挺欠打的。

計畫三，依舊尚未成功。

這個時候，達姆敢保證，任何人碰上和他同樣的處境，一定會覺得非常窩火。就這點事情，說起來很簡單，但是沒想到做起來竟然是如此困難。

達姆含糊地咒罵幾聲，再度拿起手機發送訊息給基因，當然情緒是非常地不悅。

達姆（聯繫工作請打辦公室電話）：你怎麼一點都不擔心自己的男朋友啊？

達姆（聯繫工作請打辦公室電話）：你男朋友怕鬼，但是你竟然放著自己的男朋友自己一個人睡。

Gene：等一等。

達姆（聯繫工作請打辦公室電話）：我竟然相信你了，基因。

Gene：你是怎麼了？

達姆（聯繫工作請打辦公室電話）：沒怎麼樣，只要你搬回去跟納十住就能結束這一切了。

Gene：你到底是怎麼樣啊？為什麼我得和納十一起睡。

Gene：這件事情你從白天就一直在說了。

達姆（聯繫工作請打辦公室電話）：嗯，我想要讓你跟那傢伙睡。

Gene：為何？

達姆（聯繫工作請打辦公室電話）：因為如果你搬回來跟他睡，他就會答應我接一份工作。

達姆已經懶得再去想計畫四與計畫五了，看這個情形應該也是無法得逞。與其像這樣在這裡胡搞瞎搞，他還寧可裝瘋賣傻地去給自己姊姊罵一個小時來得快活。

因此他才會嘟噥地把一切都向基因坦承，包括播放鬼聲的影片以及跟他說納十怕鬼的事情，他一股腦兒說了出來。

Gene：聖誕前夕的走秀是嗎？

達姆（聯繫工作請打辦公室電話）：嗯，不過就算了啦，我已經懶得再做些什麼了。

Gene：那你為什麼不一開始就說清楚呢？

達姆（聯繫工作請打辦公室電話）：什麼一開始就說清楚？你不是早就決定不搬回來了嗎？

獨自坐在客廳裡的達姆垮著臉，他傳送過去的訊息對方都未讀，這使得他越發地惱火，因此又多打了好幾行字，但是再次被無視。
他在心裡咒罵了好長一串髒話。
就在他起身準備回家洗澡休息，讓身心舒服一些時，開鎖的聲音突然之間響起，那個聲音使得達姆愣了好大一下，屋子大門同時被推了開來。
「臭基因？」
「你真的在這裡耶。」
來人正是他的朋友。
基因身上穿著舒服的睡衣，一隻手抱了一顆長枕頭，至於另一隻手則是拿著手機、充電線以及筆記型電腦等日常必備品。
「你……」達姆張大嘴巴，說不出話來。「來做什麼？」
「啊，來和納十一起睡啊。」
「哈？」
「十不是跟你協議，只要我跟他睡，那他就會接你的工作不是嗎？」
「嗯，是啊。」
「就是這樣啊，只不過是進出的時候要特別注意，這點比較麻煩一些，但這也是無可奈何的事。」
「新聞的事情不用擔心，倒是你……」

基因稍微歪著頭，眉毛翹得老高。「我怎樣？」

「你竟然這麼輕易地就妥協了。」

「我不是說了嗎？如果你一開始就老實跟我講，我早就幫你了，不用裝神弄鬼做那些事情，還打擾到我看電影咧。」

「啊……就我不曉得你會這麼簡單地答應啊。」

聽到達姆這麼說，基因揚起了嘴角。「等納十工作完成後，我就會回自己的房間睡。」

「……」

ＯＫ，果真是近朱者赤，近墨者黑。

但是達姆沒有把這些話說出口，想說自己或許可以回家了……

「好，那我就繼續看電影啦。」基因說道，朝著達姆搖了搖頭，打開臥室門，筆直地走進去。

達姆朝著他的背影望去，過了一會兒，腦子才又開始運轉。他起身走過去抵住正要被關上的房門，把頭探了進去，看見基因把物品堆放在放置檯燈的桌上，另外一邊是正倚靠在床頭上靜靜讀著講義的高個子，接著他朋友就鑽進了柔軟的被窩裡面。

基因移動了一下身子靠在納十旁邊，接下來打開手機繼續看著電影，而納十也伸出手回應地抱住了對方。

也太簡單了。

達姆看到所有的景象，只能在內心裡面咒罵，幹……

特別篇三

數到三十一之三 Merry Xmas

十二月二十四號。

今天，知名工作坊的時裝表演工作團隊朝氣蓬勃地工作了一整天。即便對泰國人來說，聖誕節前夕不是什麼值得慶祝的大日子，不過在這個節日，任誰都會想要休息。幸好今天是最後一天工作日，接下來就能一直放假放到新年，因此大家特別的活力充沛。

今天市中心的某棟百貨公司為了籌備時裝表演，一大清早就封閉部分空間，但就算某些地方在警衛嚴格的監控下，仍然有許多人偷偷潛入拍照，或者是站在角落窺視。

標準泰國男性身材的達姆，就站在舞臺後方與紅地毯區塊的隔間位置，他面帶微笑，轉身向每一個來來去去的工作人員打招呼，當他聽到從另外一邊傳來瘋狂的尖叫以及交頭接耳的聲音，立刻就知道自己等待的人來了。

達姆一個箭步迎向前去，同時也有一些警衛上前協助處理。

「今天請來的藝人也都來了，為什麼還是有人要這樣緊緊黏著你啊？我的頭好痛啊。」

納十不予回應，但是當他擺脫人群，瞬間變了個臉色。

「為何你遲到了？我昨天就跟你說了，你有幾套增加的衣服得試裝，因為莉莉姊想讓你再多走幾輪啊。」達姆口沫橫飛地領著人走到後方，也就是所有模特兒做準備的區域，途中依舊滔滔不絕地叨唸著：「讓我猜的話，一定是你一大早又在那邊煩基因吧？有工作的那幾天分開一下下也好，難道不會膩嗎？」

「……嗯。」

「你到底有沒有在聽我說話啊？唉！」達姆轉過頭去，一看之下，忍不住抽動了嘴角。

跟在後頭的納十先是敷衍地回應他，然後那雙迷人的眼睛隨即四處張望，像是在視察與打量，很明顯絲毫不把他當一回事。

啊，他媽的……他早該有自知之明了，自己又不是那位作家朋友，他說的十句話當中，要是納十能聽進一句就該偷笑了。

達姆搖了搖頭，走到更衣室，他打了招呼：「莉莉姊。」

「嗨，達姆弟、納十弟弟，你們來了呀。」

莉莉女士，頂著外國學歷的第三性女設計師，她才剛回國不久，打算開一間特別針對泰國年輕人的自有品牌服飾店。首先得先進行市場調查，因此決定在聖誕節前夕的晚上在百貨公司舉辦時尚服裝秀，藉由這項投資來打響知名度，還特別邀請到圈內全部的年輕演員來擔任男模與女模。

所有演出電視劇《霸道工程師》的演員也一併受到邀請擔任模特兒，就連簽了新合約、不跟邇頤同臺演出的納十，也無可避免地被安插為壓軸。

「你們為什麼看起來不太愉快呢？」莉莉女士露出一副很訝異的表情，但隨即又招了招手。「納十弟弟，過來這邊，姊預計要再加一套服裝讓你跟邇頤擔任壓軸同臺走一段，你先去換衣服給姊看看。」

「好。」

達姆看著納十走近一套非常醒目的衣服，接著脫下質料很好的義大利西裝，裡面是白色的襯衫；就在他轉身要去拿那件衣服的瞬間，站在一旁盯著他的達姆，眼睛瞪得差點就要掉出來。

刷！

「哇嗚！」

莉莉女士再次抬起頭眨了眨眼睛。達姆拉上一旁的窗簾替他旗下的孩子遮蔽，而且動作急躁得差點就要把窗簾撕毀。

「啊，嘿嘿。」

「喂，你們是怎樣？就算妳不是一個真正的男人，但是也沒有那種用眼神去侵犯別人的嗜好好嗎？」莉莉女士斜眼瞪了一下。

「不是啦，姊，只是……」達姆往納十的方向瞥了一眼。「我們家孩子比較害羞啦，先讓他在窗簾後面換裝，等一下再走出來給莉莉姊看比較好。」

「嗯，姊怎樣都行，但是注意時間啊。」

「嗯，保證不會很久的。」

達姆非常積極地回答，一隻手同時把納十往更衣室裡推進去，窗簾被緊緊地拉上，他立刻轉過身去瞪著對方。

「我不是早就跟你說過了嗎？接這種工作之前要注意別留下痕跡，是不是差點就要被發現了？」

納十聽了，眉毛揚起，不過理解之後又回復平靜。見到納十那副滿不在乎的模樣，身為經紀人的達姆忍不住又不高興地抱怨好幾句。

「基因是沒有剪指甲還是怎樣？就算這個工作……嗯，我不說了，趕快換衣服吧，不然來不及化妝。」達姆一見到自家孩子用眼角睨著他，立刻改口，揮揮手之後就從裡面逃出來。

之前接下小型的平面模特兒工作時，他就曾向納十抱怨過好一陣子，這種會留下證據的痕跡可是會被渲染成為新聞的，但是這孩子竟然只是表面上敷衍他；而且當納十得知自己的背後留下一道道指甲刮痕時，竟然還露出了心滿意足的表情。當然了，他是不可能理解納十的腦袋系統到底是怎麼運作的，嗯……其實是打從一開始認識對方時就一直無法理解。

那時勸說納十未果，達姆只好轉換目標，撥了通電話去提醒自己的朋友。當基因得知這件事情，表情從原本的困惑變成了瞠目結舌，隨即認錯地低下頭，見他露出了凝重的神情，達姆也不想再多說些什麼。

結果……後來覺得愧疚的人竟然變成了達姆自己。因為有一次他繞道準備拿東西給納十，前往納十和他心愛男朋友一起居住的屋子，結果發現基因皮膚上的痕跡。媽的，竟然比納十還要嚴重。

……那傢伙到底是怎麼折騰他的基因先生的？達姆心想，他已經不想要知道任何細節。

「莉莉姊，納十準備好了喔。」

過了十分鐘，納十換了一件深灰色鈕扣的西裝搭配上黑色高領內裡，看起來非常的合身。即便此刻的他還沒有上髮妝，不過原本在家裡就有稍微做了一點造型，所以依舊很吸睛。

「哇嗚，帥呆了！看到納十弟弟穿成這樣，姊不禁開始懷疑，到底是姊的衣服好看，還是穿的人有加分效果，誰知道？」

「可以請我的經紀人穿穿看。」

「嗯……就……就……啊哈。」

達姆：「……」

這個死孩子很明顯是在為剛剛的事情報一箭之仇。

達姆偷偷地朝納十做了個嫌棄的表情，接著就不理會對方。他拿起手機的同時，轉身向品牌的老闆莉莉女士示意。

「為什麼要拍照？」

「傳給臭基因看啊。」

「那過來這邊吧。」

過不了幾分鐘，達姆就拍到十張西裝筆挺的帥哥照；除此之外，照片裡的主角還監督他是不是有確實把照片傳送給自己心愛的人。直到要被請去化妝、設計髮型，達姆才催促這個即將要從演藝圈退出的自家藝人過去，然後才有時間偷偷地挑選出兩、三張照片上傳到自己管理的ＩＧ。

@Gene_1418：對您的發文按讚。

按讚的人當中，其中一個帳號讓達姆知道他家孩子最愛的人已經醒過來了。他稍稍睇了一眼坐在鏡子前面的納十，看到對方正閉目養神，並沒有在滑手機，或許不知道這件事吧？

不久，主持人的開場聲替莉莉女士的時尚品牌服裝秀拉開序幕，每一位男模以及女模依照各自的順序出場。納十也準備好了，他穿的第一套服裝是極時尚的半休閒服飾，搭配設計整理過後的髮型與臉妝，令他看起來又更搶眼。

納十跨出步伐的同時，搭配著歌曲激昂且歡快的節奏，使觀眾看得目不轉睛。

「剛剛莉莉姊邀請我們走完時裝秀之後一起去聚餐，地點在Ｓ飯店，要去嗎？」

等待最後一輪走秀的時間內，納十早已換好服裝，正坐在某個角落等著。達姆這時走了過來，揮動著手中的卡片。

「不了，我想要休息。」

「什麼嘛，明天就能休長假了，不去一下嗎？如果你不去，我自己一個人去不管怎麼說都有點那個……剛才莉莉姊她說拿出了好幾瓶上等香檳請大家喝，我想要。」

「等一下我開給你，想要什麼酒？哪一年的？」

「一個人在家裡喝有點寂寞啊，我可以借你家基因過來一起喝吧？」

……以為他不知道嗎？納十這麼想趕快回家休息的原因，就是想跟某個人在一起。

「基因會和我一起喝。」

「啥？」

「哥跟我一起回家吧，一哥也在。」

「幹，你是要叫老子去跟你爸還有你哥喝是嗎？算了、算了，我不喝了，回家睡覺去。」

達姆話才說完，工作人員恰巧也走進來呼喊納十。納十從椅子上站起來，達姆見狀，把飯店的邀請函放在玻璃桌上面，隨後跟了出去。

時裝秀結束之前的壓軸已經被安排好了，納十得穿著這套衣服和邇頤一起走完最後一輪。邇頤正站在走道上等著，他轉向對面，一看見納十就露出微笑，模樣可愛地抬起手指比出一個小小的愛心手勢。

就在這一刻，微微的尖叫聲從百貨公司二樓響起。那個位置是個開放空間，正巧能夠扶著圍牆往下看到紅地毯。

不過納十卻無視邇頤，完全沒有做出回應。

「來看你和邇頤配對的粉絲多到不容小覷，還拍了好幾張照片。」

「……」

「小心基因一吃起醋來，今晚你就不用喝香檳了。」

「工作人員不好意思，麻煩把人帶開。」

「臭小子……」

達姆才罵了這麼一句就被工作團隊拖到另一邊站著，以防兩位男模路經的定點被擋到。

除了納十與邇頤這對之外，還有兩、三位演出其他電視劇的年輕演員被配對走秀。最後一套服裝是這個品牌的得意之作，當他們在外頭把花束遞交給彼此之後，納十就走回舞臺後方，隨後健步如飛地走向更衣室。

雖然納十對於節日裡的工作不是很在乎，但是今天晚上恰巧是聖誕節前夕，重點不在於聖誕節，而是他的基因特別要求，所以才顯得這個夜晚特別。

正當納十沉浸在自己快樂的想像裡，有一位身材嬌小的工作人員跑過來阻擋了他的去路。對方匆忙的舉動顯得有些失禮，納十一瞬間露出不悅的神情，接著莉莉女士就帶著甜美的笑容走過來。

「剛好姊想要走出去致謝，所以需要一個人一起勾著手走出去，納十弟弟可以賣姊一個面子嗎？」

「……」

納十正要開口回覆，莉莉女士又往前走了幾步。「等一下姊會送你一套我設計的聖誕限量套裝，預計明天開始販售，讓納十弟弟和男朋友可以搶先穿到它們。」

「這是我的榮幸。」

莉莉女士看見一隻強健的手臂朝她伸了過來，在勾住之前，她歡快地笑了。

「這麼愛男朋友，姊很喜歡喔。來，借我勾一下吧，這一回輕鬆一些就好了。」

同一時間，最後一組人也正好走完時裝秀回到這裡，主持人盡責地履行自己的義務，緊接著宣布邀請莉莉女士上臺。

服飾品牌的老闆像女模特兒一樣步伐輕盈、自信滿滿地跨出腳步上前，大家給予祝賀的掌聲；特別是當她和身材高大勻稱的納十走在一起，更是令人無法移開視線。

小小的聚光燈跟著這兩人移動，莉莉女士掛著笑容不停致謝，一隻手搭在納十的手臂上，另外一隻手則是舉得高高的。今天受邀的部分來賓是有備而來的，等著在這一刻將事先準備好的禮物遞交出去，可以見到紅毯上不斷有人上前遞出物品。

「唔……」

當他們兩個人正要轉身折返，有一道聲音從右側傳來，使得他們停下腳步。

即便那道聲音很輕微，但是站在舞臺旁邊且拿著物品的身影相當醒目，輕易地就引起他們的注意。

「可以獻花給男模嗎？」

「啊？」被問話的莉莉女士一開始有些訝異，見對方不像是今天被邀請過來的來賓，但是一聽到他所說的話以及和自己勾著手的「男模」神情，就露出燦爛的笑容。「吼，雖然收到的人應該是我，但是也無所謂啦。小馴鹿先生，親自交給他吧。」

「小馴鹿先生」表情很可愛地笑著道謝，當那一大束玫瑰花被遞給了靜默站在一旁的納十時，他的臉上彷彿被染上一些色彩。

「拿去吧，我送的。」

「……」

納十依舊靜靜地站在那兒，整個人處於極度驚喜之中，心中產生了小小的騷動。後來他露出淺淺的微笑，用盡全力強忍住想把對方扯進懷裡狠狠親吻的衝動，僅僅是接過那一束花，眼神仔細地掃視面前這個可人兒的每一寸小身軀。

平常的基因就已經令他很難移開視線了，今天的基因穿了一套正式西裝，像是真的特地前來獻花。對方那柔軟的頭髮——平常的時候他很喜歡撫摸且把臉埋在裡面——今天被往後梳理，可愛圓潤的小額頭被露了出來；但是最可愛且出乎意料的，是頭頂上那支小馴鹿髮箍。

原本應該是不相襯的搭配，可一旦被配戴在那個人身上，看起來竟然奇妙地很適合。

「今天的你好帥。」

納十揚起了嘴角。「喜歡嗎？」

基因愣了一下，不過他沒有回應，還刻意轉向莉莉女士露出燦爛的笑靨。「恭喜，祝妳生意興隆，品牌大紅大紫，如果我不算太老的話，會去光顧的。」

「謝謝啦，像小馴鹿先生這麼可愛的人，我有好幾十套適合你的衣服。」

基因說了幾句感謝的話，就朝著納十揮揮手，然後轉身退去，似乎是不想要在這邊待太久，不一會兒就消失在人群中。

「走吧，趕緊去換衣服，納十弟弟才可以快點追上去。」

看著一旁納十的目光緊跟著對方的背影，莉莉女士不禁開口。納十聽聞這番話靜默不語，但還是移動腳步離開了幕前，朝著後臺走去。

這場聖誕後節前夕的流行時裝秀完美劃下句點，不過對世界各地的許多人來說，歡慶的時刻才正要開始。

莉莉女士把手從納十的手臂上抽回來，但仍舊不願意放他離去，轉身吩咐下屬從她個人物品放置處上拿了一樣東西遞給納十。

「這個，就是我酬謝的禮品，姊猜你今晚應該是不會和我們一起參加派對了，聖誕節快樂喔。」

納十順從地接過物品。「謝謝。」

「你心愛的人很可愛喔。」

聽聞這番讚美，納十的笑容又更加深沉了，彷彿是因為想到對話中的主角，他的眼神就改變了。

「嗯……可愛。」

是世界上最可愛的人。

和莉莉女士道別後，納十所做的第一件事情，就是聯繫那位忽然蹦出來給他驚喜又突然消失不見的人。正當他準備要撥打的時候，LINE 訊息的提示反倒先跳出來，像是掐準了時機一樣。

Gene：我在四樓的停車場等你。

納十讀過訊息並且回覆之後，換回原來的西裝，抱著一大束玫瑰花以及酬謝品走向有警衛看守的出口。

這個出口和停車場是互相連接的，由於時間已經相當晚了，在寬廣的停車場裡只有寥寥無幾的幾輛車子。納十聽見汽車引擎微微的運轉聲從後方的一根柱子那裡傳來，一湊過去就能看到他心上人的車子停在那裡。

擋風玻璃沒有貼上遮光膜，因此可以從外頭看到車裡的人正低頭滑動手機，螢幕在一片黑暗中發出光亮。

叩！叩！

納十敲了敲玻璃窗，彎下身體、低著頭，與坐在方向盤後方的人平視——他很清楚自己那充滿魅力的迷人微笑，會令他的基因看了臉紅心跳，因此他也就經常這麼做。

玫瑰花束以及答謝禮品被放在後座，待他在副駕駛座上坐定並關上車門，所做的第一件事情，就是立刻把身體靠近基因。他將手掌貼在對方的下巴上面，隨後將基因的臉托高，亮出那柔軟的嘴脣供他細細地品味啃咬一番。

交纏在一塊好幾分鐘……

「髮箍跑去哪裡了？」納十把脣退開，但是鼻梁依舊近距離地與基因磨蹭著，幾乎像是在說悄悄話一樣地輕聲開口。

被拉過去攻城略地地替彼此取暖，基因稍稍別過了臉，像是這份觸碰讓他感覺到搔癢，因此把下巴靠在納十厚實的肩膀上，目的是為了隱藏臉頰上泛起的兩朵紅雲。

「拆掉了。」

「真可惜，難得我還特地回來想要跟馴鹿先生玩耍的。」

「……我為什麼要一直戴著啊？」

基因嘟噥著，倚在納十懷裡的他彷彿是在害臊，但又強裝什麼事情都沒有的模樣，使得納十情不自禁地又將他抱得更緊了些。

「誰讓你戴的？」

「你的粉絲呀，在進去活動會場的時候有人遞給我的。」

「嗯……果真是我的粉絲。」

「……」

「那你什麼時候到的？」
「就在你和品牌老闆一起走出來之前。我起晚了，本來以為趕不上的，因為還得梳洗打扮，所以才會遲了一些；而且還得買兩束花，如果不幫邇頤也準備一份，可能又會再度登上新聞版面。」
聽完之後，納十就把漂亮又高挺的鼻梁往基因的臉頰磨蹭一下，像是在安慰對方並給予獎勵。
「其實不用來也行的，昨天還很晚睡。」
「一開始只是想來接送而已，但是一看到達姆發到 LINE 的照片，就想親自來看一看本尊。」
基因最後一句話的音量小了好幾倍，納十戲謔地把耳朵靠過去，先是使得對方的臉皺了起來，隨後抬起柔軟的手將他推開。
「如果那麼喜歡，那我去跟她們買，只穿給基因一個人看好嗎？」
「完全不需要。」
「不是喜歡嗎？」
「……沒有到那種程度。」
「可愛。」
「唔……」

「我要索取一些觀賞費。」

基因擺出古怪的表情。「我不是已經付了嗎？鮮花啊。」

「不夠。」

「那你也去跟達姆以及現場的其他人收錢啊，他們都有看到你。」

納十緩緩地晃了晃頭，他稍微歪著頭端詳自己男朋友的臉龐。當基因轉過頭來回覆納十時，好巧不巧地撞見他那壞壞的笑容。

「跟屬於我一個人的基因先生收費就夠了。」

「……」

基因沉默不語，可是他是一個忠於自己的人，通常會把所有想法都表現在臉上。從這個表情來看，可以清楚讀懂他正在心裡絮絮叨叨地咒罵那個向他索取觀賞費的人。

看到他這副樣子，納十忍不住就想吃了他。得調教得更聽話一點才行，看能不能不需要用力抓住對方，他就自己先來投懷送抱。

「莉莉女士有送我衣服，今天晚上喔。」

「啊？什麼衣服？」

「嗯……」納十發現對方睜大了眼睛盯著他，因此刻意拉長聲音：「聽她說，好像是給愛人穿的衣服……」

「愛人？等等啊，她是怎麼知道你有對象的？」
「她看到我的鑰匙圈上面掛了一只小熊。」
聽見納十那低沉溫柔的嗓音，彷彿是在描述一件稀鬆平常的事情一樣，基因立刻把眼眸低垂，往他右邊的腰上一看。由於納十正坐在座椅上，西裝外套的下襬正好被擠壓上翻，可以看到頭上覆蓋米色絲絨的小熊被做成了鑰匙圈，正靜靜地躺在那兒。見到此景，他緩緩地眨了眨眼睛。
基因知道，自從他記起兒時的事情後，經常會看到納十隨身攜帶它。雖然說奇怪是很奇怪，可是……也很開心。
他努力壓抑住笑意，可是幾乎要露餡了。「被別人看到會說你是個長不大的孩子。」
「不可愛嗎？」
納十的聲音像是在捉弄他，但是說話時候的眼神卻黯淡了下來。
「就……」
「……」
「可愛。」
「……」
納十那雙明亮的眼睛稍微睜大了一點，像是料想不到會聽到這句話，接著從喉嚨裡發出低沉的笑聲，似乎是很愉悅的樣子。

「扶手實在是很礙事。」

「嗯？」聽到面前這位高個子突然輕聲地喃喃自語，基因很訝異地眨了眨眼睛。

這個擁抱中間被扶手阻擋著，每一次想要和對方緊密貼合都很困難。

「趕緊回家吧。」

「嗯。」

狡猾的笑容再次回到了對方的臉上。「才能盡早收取觀賞費……」

特別篇四

基因先生不是個愛吃醋的人

擁有泰國男人標準修長身材的基因從臥室裡走出來，穿著粉藍色的連帽T以及黑色七分褲，頂著頭淺咖啡色的頭髮，再加上他的雙頰，使他看起來比實際年齡還要稚氣。

他圓滾滾的雙眼環顧四周，然後朝坐在沙發上的高個子點了點頭。

「完成了，今天開我的車去吧，剛好也想要開去百貨公司洗車。」

這個月是納十工作的最後一個月，今天的工作是拍攝一支平面廣告。

基因從對方的經紀人那裡得知，納十是要替一家知名服飾品牌公司拍攝廣告，有好幾個主題以及套裝，拍攝的時間或許會花費兩到三天。

基因通常偶爾才會去探一次納十的班，若是哪天閒來無事、睡眠充足，而且不需要寫小說，那麼就特別容易約得到他。

今天晚上，基因約了納十一起去外面用餐，知道對方還有一個約三到四小時的拍攝工作時，他就決定帶著手機以及行動電源直接坐在那裡等待。

攝影棚位於市中心的一棟大樓樓上，搭乘電梯抵達後，就聽見了指揮工作的叫喊聲以及道具的聲音，以及當納十一出現在某個場合，就常常會聽到的聲音。

「基因，所以你今天也一起來了啊？」

早先抵達現場的達姆從遠方呼喊，他轉身知會工作人員，隨後走過來。

「嗯，待會兒要一起去吃晚餐，昨天晚上我睡了一整夜，所以才會一起出門。」

「這樣好，一直待在房間裡面，偶爾也該換換氣氛。」

「你要一起去吃飯嗎？」

「嗯？請我……」達姆一看見站在自己朋友旁邊那位高個子的眼神之後，立即搖了搖頭。「不了，你們自己去吧，老子不想要當電燈泡。」

「什麼鬼電燈泡？誰會那樣子認為啊？」

「……就你老公啊。」

「老公個屁啊！」基因舉起手掌在達姆的後腦杓上用力地拍了一下，發出了響亮的「啪」一聲。

「都交往快半年了，如果可以結婚也應該早就結了，不叫老公那要叫什麼啦？」

基因揚起下巴。「叫老公也行，不過老子也是納十的老公。」

「如果你是下面那個，那麼臭十就是你的老公啊。」

「那如果其他對情侶是女生在上面，又該怎麼說啦？」

「不管是在上面還是在下面，她也還是被插入的那一方啊。」

「那如果是兩方都無法插入對方的情況，誰是老公，誰又是老婆呢？」

達姆的臉色凝重了起來。「夠了，爭這個做什麼？小心被別人聽光光。」

基因除了臭臉以對之外，不願再多做回應。

事實上，即便沒有向任何人直接說明他們之間的關係，但是大部分看過他們的人應該多少猜得出來。因為納十是名人，有許多電影、平面廣告、電視劇的工作都想要邀請他一起合作，當大家看到基因和納十老是待在一塊，四周瀰漫著戀愛的氣息，自然聯想得到。當然嘍，達姆也因此被不少人請託去邀請自己的朋友和納十共同接下工作。

很可惜的是，基因是個很容易害羞的人，至於他男朋友則是占有欲太強。

「納十弟弟。」

一位男工作人員的呼叫聲打斷了他們的對話，全部的人一起轉向聲音來源。

走過來的是一位身材嬌小、身上掛著工作證的男子，他身後則是一名身材瘦長纖細的女子。從她身上的光環、走路的姿態，以及整體氣勢來看，基因猜想她應該是名模特兒。

「非常謝謝你，很榮幸可以一起共事。這邊這位是小敏，整場工作都是由她和你配對拍攝平面照，至於兩張團體照則是被安排在明天，今天的模特兒就只有納十弟弟和小敏而已。」工作人員娓娓道來，當他和納十講解完工作內容之後，就轉向身後那位女子。「小敏，這位是納十，等一下你們兩位得一起去化妝以及設計髮型喔。」

「久仰大名，我老早就想要見見納十了，很高興可以和你一起共事喔。」小敏露出甜美的笑容。

今天的納十和往常一樣，僅僅是含蓄地點頭致意。

基因的眼神帶著打量，偷偷地瞄著面前這位美女。

小敏是模特兒，身材高䠷是能夠理解的，當她穿上幾吋高的高跟鞋，身高竟然比一旁的基因以及達姆還要高。她有雙銳利的眼神、鵝蛋臉，以及髮尾呈現波浪狀的長髮，臉上的妝有點濃，使得她看起來比真實年齡要成熟了些。

「那麼就請往這邊走，再過一個多鐘頭，等準備好了我們就開始拍攝。」工作人員攤開手掌請示。

「和達姆哥在這邊等喔。」

身材高大的納十低著頭交代，基因聞言點了點頭。「嗯，加油。」

那雙圓滾滾的眼睛從納十帥氣的臉上移開視線，當他轉向另外一邊，發現那位女模特兒正在打量他們，表情既狐疑又好奇。

男女模特兒雙雙前往另一個方向，為了去化妝、設計髮型以及換裝，基因盯著他們的背影好一會兒，隨後才跟著達姆到另外一個地方坐下來——也就是一張小小的舊沙發上。

他跟達姆聊了一會兒，過了好幾分鐘之後，彼此就拿起手機各忙各的事情。

「臭達姆，看一下吉姆發過來的照片……」

「嗯？在哪、在哪？」

基因的話還沒有說完，忽然就沒了聲音。因為當他從手機螢幕上抬起頭時，視線恰巧撞見數公尺之外的工作畫面。
他抓著手機的手，忽然停在半空中。
「在哪？什麼鳥照片？螢幕轉過來啊？這樣我最好是看得到啦。」
「……」
拍攝場景設定為街頭風格，有好幾個大小不一的木箱，其中幾個木箱被堆疊在一塊，分別放置在不同地方。地板上還另外放置一個大型輪胎，被一隻穿著牛仔褲的腳踩著。
納十穿著品牌服飾，左半邊的頭髮被往後梳，露出半邊迷人的眼眸與額頭，這使得他看起來很吸睛也有一些神祕。納十將一隻手靠在小敏的屁股上面抓著，小敏的服飾和他是成對的，當她修長的腿朝著他的大腿曲起，牛仔短裙隨之稍稍地往上扯動。
兩個人近距離地靠在一起，納十那張帥氣的臉蛋差點就要被埋進一對大胸脯裡了。小敏纖細的手，從納十胸口處的衣服開口鑽了進去。
「這……有必要拍到這種程度嗎？」
「嗯？」達姆垮著臉，因為基因叫了他卻怎樣都不給他看手機裡的照片，後來他也跟著轉過頭去看。「這算是他們的主題吧？不只有納十這對啊，其他對的拍攝時間在不同天。」

「喔！」聽見這番話，基因含糊地應了一聲，但是眼睛仍然緊盯不放。

「但是……這個距離比他們所講的還要近，臭納十賺翻了，臉都要埋進那位妹妹的胸部裡面去了。吼！我太羨慕了，那位小女模不但靠著臭納十的腰，手還鑽到裡面去，可能是攝影師特別要求的吧？原本談定的，是拍攝街頭時尚外加強勁的力道，就像是在沙灘中央甩尾的感覺。」

「……」

達姆一如既往地大聲嚷嚷。

由於坐在一旁的基因緘默不語，達姆這才歪著頭看過去。當他發現自己的朋友繃著一張臉，忍不住挑了挑眉。「怎樣？你是在吃醋嗎？」

「哪有？」基因簡潔地搖了搖頭。「十在工作，我為什麼要吃醋？」

基因並沒有在吃什麼醋，即便第一眼看到的時候是真的有點不高興，但是問過身為經紀人的達姆之後，理解了這是工作主題，便不再多想。

「這次的工作比以往都要來得親密，也難怪你會吃醋。」

「畜生，老子沒有在吃醋。」

「你嘴裡說沒在吃醋，但是腮幫子卻鼓成這個樣子了。」

「我的臉頰會鼓起來還不是因為你。」基因不高興地抬腳踢了下旁邊的人。

「嗄？又有我的事了？」

達姆從鼻孔裡噴出一口氣，但是當他看到自己朋友的臉色越來越難看，也就作罷，回過頭來繼續盯著手機螢幕。

過了一陣子之後，攝影師揮了揮手，指示大家先休息一會兒，等下一組套裝準備好再繼續拍攝。模特兒大約有二十分鐘休息時間，之後造型師才會過來找人，納十因此請求先行離開，直接前往沙發那邊，也就是他可愛的心上人所處的位置。他手裡拿了一瓶塑膠瓶裝的新鮮柳橙汁，瓶口被完整地密封起來。

「會無聊嗎？」

納十將柳橙汁擰開來插入吸管，遞到基因面前，對方接過去吸了一口。

「沒有關係的，你還要拍很久嗎？」

「應該還有兩套。餓了嗎？」

「不怎麼餓，時間也還沒到。」

「那你想好要吃什麼了嗎？」

談論著其他事情，基因的臉色才逐漸開朗，柔軟的嘴脣微微地笑著。「吃牛排嗎？我也想要吃沙拉。」

「好啊。」

「然後還要順道去買蛋糕。」

「好的。」

被寵著的人兒眼裡閃著光芒，笑得開懷，因此又多喝了好幾口柳橙汁，那副可愛的模樣令納十看得移不開雙眼。

「十。」

一道頻率有些高的甜美聲音悠悠地響起，正是今天攝影棚裡面最美的女模特兒。基因立刻向她望去，就連低頭靜靜滑著手機的達姆也抬起頭張望。

「剛剛我稍微改變了姿勢，沒有事先告知，很謝謝你願意配合我。」

「沒關係。」納十簡潔地回覆，表現出來的樣子和面對其他人一樣。

「我剛剛用手碰你的胸部時，十也有回握住我的手，超棒的耶。一開始我就在想，如果你願意回握我的手，那畫面肯定會很美，還沒來得及偷偷暗示你，你就主動反應了，我實在是非常喜歡和這麼厲害的人一起拍攝。」

「嗯。」

十回握對方……坐在一旁聆聽的基因睜大雙眼，不自覺地皺緊眉毛，臉上的笑容跟好心情一起消失得無影無蹤。認真工作是一件好事，但是有必要認真成那個樣子嗎？是怎樣？

那雙圓滾滾的眼睛迅速地轉向身旁那個人，就看到那張帥氣的臉正注視著小敏。

這樣子看對方是什麼意思，啊!?

「那我先去一趟洗手間，等一下再一起加油喔。」小敏笑容甜美地揮揮手離去。

基因看著她的背影，從對方剛才的言談舉止來看，可以知道她對今天一起工作的納十感興趣。不用偷偷觀察也能發現到，因為她那副自信滿滿的模樣清楚地說明一切。她是位自信又性感的女性，很值得讚賞，但絕對不是在對納十感興趣的情況之下。

他收回視線，隨後往自己的左邊看過去。

「嚇！你。」

「嗯？」

「有必要盯成那個樣子嗎？」

「哪個樣子？」納十訝異地揚起眉毛，但是當他會意基因的意思之後就露出了淺笑，搖搖頭說道：「你說的是剛剛那位女模特兒嗎……對話的時候不是要看臉嗎？」

「話是這麼說沒錯……」

「吃醋了嗎？」

原本靠坐在沙發上的基因立刻跳起來坐直了背，他又在吃醋了……

「才沒有吃醋，我才不會對沒有意義的事情吃醋呢。你是在工作，那位小姐是模特兒，我為什麼要吃醋？」

「臉拉得那麼長還說沒有？」納十抬起厚實的手，放在基因淺棕色的柔軟髮絲上。

「我才不是那麼心胸狹窄的人呢。」基因一說完，就發現納十依然盯著自己的臉看，因此就把對方的手從頭上拉開。「看什麼看？可以繼續拍了，趕緊完成才能快點去吃飯。」

他表現出一副稀鬆平常的模樣，把納十高挑的身軀推了出去，然後拉著臉轉向負責照顧兩位模特兒的工作人員，他們正巧也在找人。

可是當基因看見小敏朝著納十露出甜美又迷人的笑容時，眉頭不由得又是一皺。就在他再度拉回視線的瞬間，竟然和一直盯著他的朋友那副眼鏡後的眼神碰個正著。

「看什麼看？」

「沒事，親愛的朋友。」

達姆露齒一笑，裝作沒事地轉回去注視著手機，但是過不到一會兒又忍不住轉回去偷看，發現基因的眼睛仍舊眨也不眨地死盯著今天的男模以及女模，眉頭都打結了；但是他本人似乎沒有自覺，或者是試著不要太去在意。

這很明顯的是在不高興。

基因是個很內向的人，有時候會裝模作樣，如果直接向他問話，他肯定會嘴硬不願意承認。

而那個正被達姆偷看的人，內心裡天人交戰，努力地把一點一滴累積起來的不滿情緒拋諸腦後，並且告訴自己，這就是納十的工作，怎麼可以如此的小心眼呢？

工作、工作、工作、工作、工作。

基因坐在那裡拚命地壓抑著內心，連自己在做什麼都不知道。

最後，今天的拍攝終於圓滿落幕。

等在一旁的基因幾乎要跳起來比出勝利的手勢歡呼，看到納十從拍攝現場走出來，待他把自己處理好，立刻邁開步伐迎上前去找人。

「完成了對嗎？要直接走了嗎？」

「為什麼今天看起來這麼急？」

「我肚子餓嘛。」

納十露出了溺愛的笑容。「好的。」

除了很高興可以去吃飯的情緒之外，基因試圖把其他感受拋到腦後。在走路的時候，他稍微拉了一下納十健壯的手臂，但是還沒來得及逃出攝影棚，有道聲音倒是搶在了前頭。

「你們要回去了嗎？」一位漂亮的女模特兒走了過來。

怎麼又是小敏……

對方已經換掉了拍攝時的服裝，穿回自己粉紅色與白色漸層的洋裝，上頭有些花朵點綴，讓她從原本的性感形象，變成了看起來很有自信的甜美女孩，甜滋滋的笑容仍舊掛在臉上。

她這個問題並沒有特別針對某個人提出，不過她細長迷人的眼睛卻只注視著納十一個人。

「聽到你們說要一起去吃飯，我可以一起去嗎？」

納十依舊沒有表現出任何情緒，不過站在他身旁的基因倒是再度皺起眉頭。

「不管怎樣都一起工作過了，來交個朋友好了。」

「……」

基因靜靜地注視著小敏，小敏似乎也意識到自己被盯著，所以轉過頭來與他四目相交，並且朝他笑了笑。

「接下來我們還有兩天的時間會一起拍攝，吃飯的時候交換一下工作心得，你說好嗎？明天才會更順利。」她又繼續說下去：「三個人一起去吃飯，再多帶一個女人應該沒有關係吧?」

「……」

才不是三個人一起去吃飯呢!只有兩個人去吃。她是沒有注意到情況還是怎樣?達姆剛剛不是就站在那邊說得很大聲了嗎!

基因在心裡大吼大叫,實在很想就這麼拉著納十的手臂把他直接拖出去,但是她所說的話就像是阻擋他們的藉口。當他把臉別向一旁的納十時,發現他竟然不發一語。

他等著讓納十來拒絕小敏,因為對方談話的對象比較像是納十,可是納十竟然只是轉過頭來盯著他看。

為什麼納十不拒絕呢?看過來做什麼……

沉默了將近一分鐘之久,最後基因露出微笑。「好啊,但是小敏不介意對嗎?我們這群只有男人。」

「喔,完全不介意,大家一起吃飯才會好玩嘛,我不是那種會介意性別人,只要能自在開心地聊天就夠了。」

「那好吧。」

話一說完,基因就立刻走出去,原本他是要走在納十身邊的,後來他向前拉住另一邊的達姆手臂,搶先走在前頭。

達姆看起來還在狀況外，當他回過神來，已被塞進車子裡面，就那樣被帶到附近的百貨公司。

如果只有一位長相好看的人走進百貨公司，或許還不會有人注意到，但是這個群體裡有兩位以上的美顏，走進來的當下就瞬間成為注目的焦點。不過剛剛所說的群體，基因並沒有把自己算在內，因為身材高大壯碩的納十與小敏站在一起，兩人外表看起來相當的匹配。

身高一百七十三公分的基因雙手環胸，腳趾頭不自覺地撞到光潔的地板。

「要吃什麼好呢？Suki 好嗎？比較不會胖。」

基因沉浸在自己的世界裡好一會兒，當他抬起頭，就發現小敏正帶著徵詢的眼神凝視他。他轉向納十，一見到對方也沉默地望向自己，便咬著牙說道：「好，Suki……」

幹——我的牛排！

他想要吃五分熟的牛排，那種當他把刀子切下去之後，可以看見藏在裡面的脂肪流出來的牛排……

最後四個人走進了附近的 Suki 餐廳。因為想吃的東西吃不成了，基因臉上的表情有些不悅，他把視線瞥向自己的愛人，如果那個時候就拒絕了的話，那麼他也不會吃不到牛排了。

走到桌邊，達姆率先坐進去。基因看見小敏走到另外一邊，準備開口叫納十和她坐在一起，他只能咬牙切齒地看著先坐進去的達姆，隨後以迅雷不及掩耳的速度出聲阻撓——

「你去跟達姆一起坐，可以討論工作，坐在對面比較好談話。」他將納十推到對面和達姆坐在一起，至於他自己則是坐在小敏旁邊。

這個情況到底是怎麼發生的啊……

「基因哥是達姆哥的朋友嗎？我曾經看過新聞，跟納十真的很要好呢。」

「就……嗯。」

「當時有新聞說基因哥跟納十在交往，我也嚇了一大跳，但是想想應該不太可能，我自己也在這個圈子裡面，所以多少知道什麼可以信，什麼不能信。」

基因微微一笑，從盤子上夾了塊餃子放進鍋裡。「嗯，但是那件事情已經過去很久了。」

小敏輕輕地點點頭，接著露出甜美的笑容，轉過頭去和納十說話。

「那麼納十呢，聽說要退出演藝圈了，這是真的嗎？好可惜喔。」

「嗯。」

「為什麼啊？我認識的一位導演說想要請納十來拍電影，但是據說在退圈之前的工作已經排滿了。對了，我可以跟你要電話跟 LINE 帳號嗎？不管怎麼說我們都聊開了。」

納十沉默了一會兒，最終還是點了點頭。

「用ＩＤ加好友是嗎？這個。」

小敏隔著鍋子把手機遞給納十，基因也跟著看過去，然後就看見納十厚實的手接過手機，輸入了一組ＩＤ。

……就算說加 LINE 是為了工作或是什麼原因都好，但是真的有必要加嗎？或者說，納十也想要有個可以聊天的女性朋友？

基因的小腦袋瓜開始幻想著骯髒的情節。

最後他忍不住伸手夾了把青綠色的辣椒碎，配著蒜頭混在那個令他生氣之人的醬料裡面，同時朝對方燦爛一笑。「我記得你很喜歡吃，把我的分給你。達姆，把你的也分一些給納十吧。」

「哈？」安安靜靜坐著吃東西的達姆，從碗裡抬起頭。「辣椒……是嗎？」

「嗯，你不是也知道納十喜歡吃，你不吃就把這個機會讓給別人吧。」

「唔，嗯、嗯，喏，臭十，辣椒。」

「……」

轉眼間，納十那碗醬汁裡的青辣椒碎就被堆得像山一樣高，光是遠遠地聞，彷彿口腔裡都能感受到那股嗆辣。

那位「喜歡吃辣椒」的人用眼神掃視了一下辣椒，接著又把視線移向坐在對面的基因。

基因開懷地咧嘴一笑，而且還一副很滿意的模樣，像是報了仇一般，沮喪的情緒也隨之減少一些，那副可愛又惹人憐的樣子令納十實在是很想要站起來緊緊地把他抱在懷裡，然後立刻發動車子將他帶回房間。

小倉鼠這麼生氣，納十也只好微微一笑，順著他的意思，心甘情願地沾著醬料吃。結果基因又伸手過來搶走那碗裝滿辣椒的醬料，心軟地把自己這碗什麼都沒有加的醬料換給了納十。

納十見狀，嘴角的笑意又更深了。

當這場氣氛詭異到不行的晚餐結束之後，小敏逕自壟斷了和納十談話的權利，偶爾才會轉過頭來看看基因以及達姆，但是可以看得出來，她並不需要他們做任何回應。即便納十大致上也只是點點頭，不怎麼開口說話，她似乎也不在意，因為他的個性本來就是如此。當然嘍……這使得基因的不滿指數，衝高到幾乎快要爆表。

把達姆以及小敏送回家，一回到屋裡，基因就說要先去洗澡，頭也不抬地走過去拿了一條浴巾，隨即跑進浴室裡。

等他走出來時，納十就接著進去洗。

基因走到了床頭，緘默地盯著放在枕頭附近的手機。

他知道手機密碼，而且也超級想要打開來查看 LINE，想知道小敏的帳號是哪一個。那個時候他看到納十並沒有拿起手機加對方好友，在納十接受之前，他應該就先刪掉。

但是就算想那麼做……一旦逮到機會可以那麼做，基因又猶豫起來。

即便他是納十的愛人，但是那麼做也太超過了。

雖然小敏很明顯是在向納十求愛，可是她也不曉得他和納十是真的在交往；而且即便納十讓她加了 LINE，他對對方也沒有任何特別的表示。

就因為理解納十的為人，也知道他和自己是多麼的穩定，基因凝重的神情這才緩和一些，不過仍然以著狐疑的眼神死死地盯著那支手機不放。他很確信納十並沒有任何想法，卻又不禁猜想著，假如納十的好友名單裡面有小敏的帳號該怎麼辦？

當身上僅穿一件寬鬆短褲的手機主人從浴室裡面靜悄悄地走出來，正好撞見他小小的心上人正盯著他的手機看，一下子伸出手，一下子又把手縮回來。

一股想捉弄對方的衝動油然而生。

「在做什麼呀？」

「……！」

基因愣了一下，原本舉起來的手迅速地改成去拉動檯燈的開關拉線。

「什……什麼事？房間太暗了。」

「和我的手機有什麼問題嗎？」

「跟你的手機有什麼關係？」

見到基因惴惴不安的眼神，納十笑而不語，真不知道他怎麼能夠嘴硬得如此可愛。「其實我已經觀察好一陣子了，想看我的手機為什麼不好好地告訴我呢？我本來就不會藏私。」

「我才沒有想看呢，為什麼會想要看啦？你的手機裡面有什麼東西好看嗎？」

「說得也是，最想問這個問題的人應該是我吧？」

基因的臉又拉得更長了，或許是因為被戲弄過頭了，他立刻踢掉拖鞋爬到床上，背對著納十躺下來，開口說道：「那就別說話，不說了，我要睡了。」

想要跟她聊LINE就去啊，怎樣？只不過是LINE而已。

躺在床上的基因眉頭緊蹙，正在心裡和自己爭論，但不久後又僵直了身體，因為他感覺到床的彈簧下陷又彈跳一下。還沒來得及思考，他露在外面的臉頰就被溫熱的嘴唇偷襲了一下。

他越發地不高興了。「你到底在做什麼啊？」

「親正在吃醋的人的臉啊。」

「……嗄？」

「可愛。」

低沉溫柔的嗓音在基因耳邊輕聲呢喃，使得他縮了一下身體閃避。他忽地翻過身，用手肘撐起身體瞪著納十，伸手拉過被對方壓住的被子以示抗議。

「如果你繼續這麼白目，我就要搬去其他房間睡了……喔不，是回到我自己的屋子裡睡。」

「……」

「我講真的喔！」

見到納十臉上那淡淡的笑意與眼神，已經和對方交往將近六個月的基因，又怎麼會不知道自己正被戲弄？

基因的臉越來越臭。就別讓他逮到機會整回去。

「我沒有把自己的 LINE 給那個女人。」在男朋友更加暴怒之前，納十決定從實招來。

「啊？」

「我幫她加的是達姆哥的ＩＤ。」

「達姆的？」基因非常訝異地喃喃自語。雖然眉頭依然深鎖，但從他眨動的眼皮就能說明他對這件事情感興趣，和之前說要就寢的言論或是不耐煩的情緒形成落差。

「那個時候你留了達姆的ＩＤ給她？」

「是。」

「你說的是真的嗎？」

納十移動了下身體，拿起最新款的 iPhone 手機，點進 LINE 應用程式之後遞給基因。

基因看了下納十厚實手掌裡的手機，斜著眼睛瞥視著螢幕，見納十的表情沒有任何不情願，他就伸手接過來瀏覽。他看了好友邀請通知，只是想確認納十說的話不是在騙他就夠了。

不管怎麼樣，這支手機也不是他的，基因不想要做出太過惹人厭的舉動。他將手機還了回去。「那為什麼小敏說要一起去的時候你沒有拒絕呢？」

「我等著讓你開口啊。」

「為什麼要等我開口？她很明顯是在問你啊！」

「所有的決定我都依你。」

由於之前心愛的基因說自己並沒有在吃醋，見對方表現得如此心胸寬大，納十就不想要破壞心愛之人的形象。

因為無論如何，除了眼前的這個人之外，他對別人都不感興趣，即便知道基因是個心口不一的人，卻還是忍不住想要捉弄，而且也想要讓對方親口說出來。

「你害我吃不到牛排。」

「那我明天帶你去V飯店好嗎？」

基因聽完睜大了眼睛，眼神都亮了，可是嘴巴卻說著反話：「貴。」

「只要基因想吃，我就願意付錢。」

看到納十這個討好的笑容，和一開始捉弄他的言行舉止截然不同，基因不禁放鬆下來，先前的憂慮也幾乎消失無蹤了。他凝視著那張帥氣的臉龐好一陣子，隨後低下頭隱藏住笑意。

「嗯，謝謝。」基因說完就將身子一翻，躺回床中央，但是和一開始的姿勢不一樣。他抓住納十強健的手臂，跟著對方一塊躺下來，然後緩緩地靠近納十，語調一如往常地說道：「可以睡了嗎？」

納十沉默不語。

平常的時候，他的愛人是不會主動以擁抱、接吻或是接近他來表達愛意，除非是在他煞有其事地胡思亂想，或者是喝了一堆酒精飲料之後。

不過這一回，是納十平躺在床上，身子比較嬌小的基因則是趴在他身上，兩隻手臂攬著他的腰。

在他們四目相交的那一刻，基因露出一個可愛的笑靨，就只是一個笑容，卻讓看到的納十，整個世界的畫面都亮了起來。

納十炯炯有神的深黑色雙眸，像是生成一道黑色的大漩渦，從中心點不斷向外擴張。

如果仔細地端詳，可以發現其中有著一絲迷戀。

納十靜靜地凝視著基因，伸出手貼在他柔軟的臉上，隨後迎上前將嘴唇貼在他的嘴上。

納十輕柔地啃咬著基因的下嘴唇，從吸吮變成碾壓，彷彿有一道火花猛然竄上來，當他把舌頭鑽進去時，對方竟然聽話地張嘴接受。

兩個人的舌頭緩慢地纏繞著彼此，耳邊響起陣陣輕微的親吻聲。

這一次，平常很容易害臊的基因，竟然用小舌頭挑逗著他，此舉使得納十高高地揚起眉毛，像是被勾引一般逐漸升溫。

身體開始起了反應，當他把手滑進基因的睡衣裡面時，一道輕微的呢喃在他耳邊響起——

「今天不做喔。」

「……」

「我想睡覺了，就這樣子睡吧。」

「先做之後再睡吧。」納十的聲音沙啞，他移動一下臀部，使自己的下身摩挲著趴在身上的那個人，為了讓對方知道，他的性器此刻變成什麼樣子。

「不行。」

「老公想要不可以嗎？」

每當納十臉不紅、氣不喘地說完這一番話，基因通常都會滿臉通紅地趕緊推開他；但是這一次，基因除了把圓滾滾的腮幫子靠在納十赤裸的胸膛上，就沒有其他動作。

「不。」

「……」

「我會抱著你睡，如果你做了什麼事，明天我一定會收拾行李搬回去住。」

從基因的語氣以及眼神，納十很清楚地知道這番話是認真的。

……他被這隻小倉鼠報復了。

今天達姆先去處理其他工作，待他抵達攝影棚的時候，納十的拍攝工作早就過了一個多鐘頭。他向現場的工作人員打過招呼，就提著 ipad 走到昨天所坐的沙發上，然後他的眼神就掃視到比他早坐在那裡的那個人。

「啊，你今天怎麼也來啦？」

「嗯，今天我一樣要在外面吃飯。」

「又在外面吃……你們這些有錢人家真令人羨慕。」達姆說完話之後，就聳了聳肩膀。「隨便啦，反正昨天我已經賺到一餐 Suki 了。」

鏡片後的眼睛偷偷觀察著靜坐在一旁的基因，不過對方今天看起來不像昨天那樣暴躁。他把視線望向前方正在工作的人們，看見小敏依舊像昨天一樣努力不懈地和納十裝熟。

英俊、多金、聰明，這些是納十的優點，但是他對世界上的每一個人都不大感興趣的冷漠……女人們到底為什麼會喜歡啊？

達姆搖了搖頭。昨天他發現自己的好友名單多了個人加進來，一看才知道是小敏，當下眼睛都要掉出來了，他猜想這一定是納十的傑作。昨晚他靜靜地坐在那邊吃飯的時候就在想了，他家的孩子是不會把電話跟LINE給別人的，當納十攤開手心接過手機的時候，他就在心裡起疑。

「你……已經不生氣了嗎？」

「嗄？生什麼氣？」

「啊，就……」

基因轉過頭來，傻愣愣地眨著眼睛，不過接著像是回想起什麼，表情變得有些尷尬。「唔，不會了，我今天心情很好，睡得很飽。」

「啥？」

就在達姆一頭霧水的時候，基因又轉回去繼續注視著手機。他本來以為應該沒有下文了，但基因卻突然輕聲開口，似乎還是覺得很難為情——

「其實……我也不想要生氣啊，但是情緒就自己上來了。」

「你是說你吃醋的那件事嗎？」

「我指的是全部的事情啦。」

達姆差點就要笑出來了，抬起手在基因肩膀上拍了又拍。「你是臭十的男朋友，有人來纏著自己的男朋友，會不高興是很正常的事，而且……你也比其他人更有資格。」

「那個我知道，只是我不想要變成那樣，不然會變得太過神經兮兮。我看納十對我也沒有那樣，如果我不高興了，說不定只會白白地讓他感到不開心而已。」

「你竟然還有心情去關心其他人，和以前一樣。」達姆一說完就笑了起來，不久之後又搖了搖頭，像是很同情對方的無知一般。「不過你剛剛說的，『納十對你也沒有那樣』這件事，我想讓你重新再思考一下。」

「嗄？」

「臭基因，這你就有所不知了，你為臭十所吃的醋，媽的，完全不到那傢伙的一半。」

「……」

「那傢伙的ＩＧ啊，如果有人在上面留言說喜歡你、你很可愛、想跟你聊天之類的，特別是男生啊，都會直接被封鎖耶。」達姆一說完，就伸出手臂攬住基因的肩膀。「如果你不相信，我願意犧牲自己證明給你看，但是你要請我吃三頓飯啊。」

基因的表情依舊很困惑，還沒來得及回答，達姆卻先靠在他身上，緊接著把臉埋進他的脖子裡。基因感覺到突然撞上來的眼鏡，以及刮搔在皮膚上的鏡框冰涼感。

「吼，幹，達姆，你在做——」

話還沒有說完，基因就看到熟悉的修長身影定定地站在自己面前。攝影師不曉得是什麼時候放大家休息的，因為他們兩人只顧著聊天，所以並沒有注意到周遭情形。

達姆感覺自己像是被冰塊從頭到腳地包裹著，當他轉過頭去與納十四目相交，這才意識到，這三頓飯真的是非常不划算。

「啊……中場休息是嗎？」

「……」

「剛剛我只是在聞聞看今天臭基因是不是有噴香水過來，很香，哈哈。」

納十依舊冷若冰霜。「我男朋友，有必要讓哥來聞嗎？」

這番話，使得從後方跟上來、希望能和納十攀談的小敏僵在當場，瞬間變了臉色……

特別篇五

角色扮演・基因

寬闊的房間裡充斥著我所播放的流行音樂，以及我跟著哼哼唱唱的歌聲。

不過，即便嘴裡唱著歌，聽起來心情似乎很好一樣，但是我的眉頭此刻是緊緊地糾結在一塊。筆記型電腦停留在YouTube頁面，任由它自動播放歌單上一首又一首的曲子。我在房裡來回踱步，不是因為疲勞痠痛或是其他問題，我只不過是需要稍作思考。

下個星期我準備要開始寫新的初稿了，我是不曉得其他作家會怎麼做，但我在下筆開啟一個新的故事之前，必須具體地把全部細節都打點好，例如主要的情節必須完整。一般來說，我會把故事情節視為第一要務，接著才會處理角色，使之配合故事情節來進行設定。

誠如大家所知，最近我把兩種不同的風格混在一起寫，最新完成的那份初稿就是科幻類型小說。這次我又回過頭來寫ＢＬ小說了，不過這部作品相對沉重。

我想要把受方男主角設定為警察，至於攻方男主角的部分……我正猶豫不決是否要設定為像是賭場，或是黑手黨之類的不法邊緣生意人，或者是殺手，總之故事裡的兩位男主角必須是互相對立或者是差異性很大的角色。帥氣的殺手，可是不富有，讀者通常都會比較喜歡多金的攻方男主角。

「到底和劇情符不符合啊……」

我嘟噥了一會兒，接著走到房間外面，倏地有一陣涼風從沒有關上門的陽臺游泳池那裡吹來。我張望了一下，隨後走到廚房搜出一塊蛋糕享用。

原本的公寓其實就已經夠舒服的了，但自從搬到納十這間打造得很奢華的屋子之後，我就不想再搬回去住。

舒適多了，哈哈哈哈。

我幾乎花了一整天的時間在決定下一部小說的各種設定，最後內心比較偏向黑手黨商人，因為這個職業牽涉到凶殺案，把受方男主角設定為是正在埋伏觀察攻方男主角的警察，大致是這樣子的安排。

其實劇情差不多都大同小異，但是透過描述的手法，會讓讀者想要繼續看下去，應該不會有什麼大問題的。

可是……兩位男主角相處時的行為模式，截至目前尚未有什麼眉目，另外就是得考慮角色的外在形象與裝扮。

我原本坐在室內，後來又抱著筆記型電腦移到外面來，天空在不知不覺中都黯淡下來。

一直到……

吱呀！

納十解開大門門鎖並且走了進來，我回頭撞見此景，立刻被正在喝的水嗆到。

納十的臉隨即皺了起來。「小心一點啊。」

「你……」

我不停乾咳，納十脫掉鞋子之後朝這裡走過來，然後把手放在我的頭頂上。

「你……」我嘴裡仍舊重複這個字，眼睛上上下下地打量他的狀態。「你是去哪裡了？」

「跟我爸出去啊，昨天晚上跟你提過了。」

納十穿得西裝筆挺……

黑色的西裝外套裁縫得很不錯，非常的合身，前排的扣子沒有扣上，可以看見裡面的襯衫，其中一半被深紅色的領帶遮蓋住，和穿在身上的其他布料呈現對比。

我不是沒看過納十穿西裝，不過我會嗆到的原因，是因為腦子裡正想著攻方男主角的黑手黨商人形象。

「吃過飯了沒？」

我仍然窺視著納十的模樣。「……吃過了。」

「在這之前我有發 LINE 訊息問你想吃什麼，為什麼不回？嗯？」

「啊，是嗎？抱歉……手機在充電，沒看到。」

納十聞言便不再多言，輕輕地點了點頭，當他正準備要轉身走進臥室之前，我趕緊跳起來拉住他厚實的大手。

「等一下、等一下。」

「嗯？」

「你要做什麼？」

下一秒，納十那雙濃眉豎了起來，然後加深了嘴角的笑意。「洗澡啊。」

「先別洗、先別洗，等一下嘛，先別脫衣服啊。」

由於我想到一些好點子，因此把納十先拉到沙發上坐下來。我則是邁開步伐快速地走進臥室裡，拿出髮膠以及正在充電的手機回到原地。

我站定在納十面前，對方訝異地看著我，我秀出手上的物品並說道：「把你的身體借我一下。」

「借身體？」

「我正巧在找下部小說男主角的樣本，既然你都穿西裝了，那就借我拍一下照吧。」

身邊就有一位帥哥，既高大，身材比例又好，我肯定得好好利用才是。

起先納十的神情有點訝異，但是一下子又揚起嘴角。「我可以拿到什麼報酬嗎？」

「報酬就是我等一下會幫你洗頭。」

納十輕輕地笑出聲來。「還得幫忙洗澡啊。」

「你是三歲小孩嗎？」

我開玩笑地調侃他，先把手機放在沙發上，然後轉過身去打開髮膠蓋子，替面前這個人設計髮妝。

我把納十一頭烏黑的頭髮往後梳理，保留一小綹頭髮使之自然地垂落下來，這樣子可以看得見他濃密的眉毛以及明亮的眼睛。我彎下身來再度朝納十靠近一些，他則是動也不動，似乎是心甘情願地配合我，我的手再度抹了次髮膠，但是當我一把視線往下移動，發現他也正注視著我。

臉上帶著淺淺的笑意，是納十一貫的表情，不過這次卻感覺有些奇怪，源自於我親手替他弄的髮妝。

「笑什麼？」

「沒有。」

我別開視線，將手上的髮膠擦乾淨，把他深紅色的領帶往下鬆動一些，然後再把襯衫最上面的兩、三顆扣子解開。

完成之後，我向後退了幾步，從頭到腳仔細地端詳這位乖乖坐在原地的人。

納十真有你的……好看到令人嫉妒。不管是幫他做任何造型，統統都好看到不行，他所改變的模樣讓看的人嘖嘖稱奇。納十依舊是那個納十，但是他所散發出的氣質卻不一樣了。

就像當初他裝扮成我小說男主角肯特的壞男人模樣。

「我……唔，可以拍照嗎？」我將手機舉起來。

「請隨意。」

得到允諾之後，我就打開手機的相機應用程式，鏡頭轉向舒舒服服坐在沙發上的那個人。千萬別說我是在炫耀自己的愛人啊，因為就算拍照的人技術再怎麼爛，或是不知道已經毀掉過多少個人的拙劣拍攝角度，但納十竟然還是帥得很有風格。

上天實在是太不公平了。

他灼灼的眼神注視著鏡頭，而我為了按下快門也得緊盯著螢幕。

我們透過手機螢幕凝視著彼此……

在這種情況之下，我感到有些不自在。納十彷彿能穿透鏡頭看過來一樣，他的眼神似乎有辦法讓我忍不住屏氣凝神好一陣子。

「啊……」我輕輕地乾咳一下。「可以麻煩你不要做出那種表情嗎？」

納十濃密的眉毛翹起了一邊。「是哪種表情呢？」

「就是你現在這個表情啦。」

「喔！」

「不要動，不准笑。」

「基因先生是想要讓我變成誰嗎？」

「我的男主角，像是那種……賭場老闆或是黑手黨之類的。」我老實地回覆，同時將手機左右晃動一下，方便繼續進行拍照。

當我說話之後，對於當下的尷尬感覺也緩和了不少，因此我又接著開口說道：「受方男主角是一名警察，這個故事與兇殺案相關，受方男主角懷疑攻方男主角是一起女性失蹤案的幕後主使者，因此喬裝潛入調查。」

納十收斂起笑容，沉默地點了點頭。

「不過個性方面還想不太出來，所以也無法想像他們見面時的畫面，在一起之後會是什麼樣子。」

我絮絮叨叨地描述，當我滿意地拍完這個姿勢，就走過去抓住納十的手，變換成下一個姿勢。我稍微讓他彎下一點，讓他把手臂靠在張得很開的兩邊膝蓋上，兩隻手擱在中間，十指交叉，同時抬起頭向前看。

這……

OK，帥過頭了。

這些攝影師，到底是怎麼有辦法抵擋住所有男模特兒與女模特兒的光環的？

「基因先生。」

聽到納十以平靜的語調喊著我的名字，我稍微嚇了一跳。「怎……怎樣？」

「臉紅了。」

「嗄？」

納十嘴角染上一抹笑意。「我記得基因先生喜歡我穿上西裝的樣子是嗎？」

「……」

納十笑得很狡猾，不過眼神依舊很嚴肅，果然是個貨真價實的演員。即便納十叫喚我以及和我說話的方式，聽起來還是原本的他，但是表情、語調與角色吻合，看起來就是個活脫脫的商人。

「過來這裡。」納十稍微點了一下頭。

由於我看到入神了，過了好久才回過神來。「怎麼了？」

「送佛送到西，我就來幫幫你好了。」

「幫？」

又要幫忙了嗎？這傢伙每次只要開口說想幫忙我的小說，就一定不會是一般人會給予的那種協助。

「過來坐在這邊。」納十指著他旁邊的空位。

見到他這副模樣，我不由得張大了嘴，明白了他說的幫忙是何事。

我眉頭緊蹙，搖搖頭準備拒絕他，心想實在是沒有必要做這麼大的犧牲。他不會害羞可是我會啊！而且看起來詭異得要命。

但就在我準備退開步伐的時候，腦中有另一個聲音搶先阻撓，說沒有關係的，先跟著納十的步調吧，看看他準備要做什麼，說不定我能從中獲得什麼好的靈感，能回過頭去修改停滯不前的部分。

想到這裡，我向前移動過去，但是還沒坐定，納十就伸手抓住我後腦杓的頭髮，緊接著把我推向他。

「警察先生？」

我的眼睛瞪得快要掉出來了。

我難道不是下屬的角色嗎？

「有收集到什麼情報了嗎？」納十的眼角睇了我手裡的手機一眼，另外一隻手則是沿著我的手指撫弄著。

「等等，納……」

「在你進入這扇門之前，應該早就有所覺悟了，知道如果被抓到了會有什麼後果吧？」

「嗯，我沒……唔！」我的臉頰被那隻伸過來的大手攫住，因此無法繼續說下去。

我抬起頭一看，納十也低下頭，把他那張帥氣的臉龐靠了過來，那雙炯炯有神的眼睛凝視著我，我感覺到心臟因為這份忐忑的心情而強烈地跳動。

原以為納十會做出扯我頭髮這類舉動，他卻用力把脣貼在我的嘴上，狠狠地落下一吻。

「基因先生……」

我的表情像是失了魂。

「別露出這麼可愛的表情啊，害得我出戲了，看見了嗎？」

我把臉從那隻溫暖的手上掙脫開來，皺緊了眉頭。「你才是，在發什麼神經啊？」

「唔，那不然這樣好了。」

納十似乎是沒有把我的話聽進去，把那條暗紅色的領帶從脖子上拉了下來，趁著我還傻乎乎地看著他的一舉一動時，突然把我的雙手併在一塊，然後力道適中地將那條領帶纏繞在我手上。在我打算拉回自己的手之前，雙手早就失去隨心所欲移動的自由。

這一回，我的眼睛是真的差點要從眼眶裡掉出來了。「納十！你在幹什麼啊？」

納十沉默不語，用食指以及中指勾起綁在我手上的領帶，往他的方向扯了過去。

「住手！十，快點拆開來呀！」

「拆？進到別人的地盤，還要別人這麼輕易地放過你，這不太好吧？」

「我不玩了啦。」我終於開始感覺到有一點緊張了。

剛剛納十說要幫忙的時候，或者是在扮演黑手黨商人時所說出來的話，聽起來雖然有一些令人心癢癢的，但是無傷大雅；可是現在他把我的手綁起來了……我忽然驚覺到自己這下子真的是無處可逃，而且也無法自力救濟。

「納……嗚！」

我說話的聲音轉變成輕微的驚叫聲，因為眼前的這個人拉起跪坐在地板上的我，接下來半拉半推地讓我躺平在柔軟的沙發上。

所有的一切發生得太快，我閉上雙眼，但是當我再次睜開眼睛，納十那張迷人的臉龐隨即迎上來。

納十的右手靠在我耳朵附近，我很清楚地聽見沙發被壓下去時所發出的聲音。雖然納十才剛從外面回來，但是身上卻沒有一點汗臭味，反倒散發出一股淡淡的香水味。

「我……我講真的啊！」

「講真的？」

「……」

「什麼是真的呢？」

撐在我身上的納十依然面不改色，他把修長的腿移到我長褲下方，緊接著用膝蓋將我夾緊的雙腿撐開來，就這樣鑽到我的腿間。

我馬上舉起被綑綁住的雙手阻擋他，試圖合上雙腿，並且扭動臀部向後逃跑，但是……

「啊！」

納十的嘴角瞬間揚起。

「只不過是輕微的磨蹭就讓你熱起來了嗎？」

「我只是嚇一跳！」

「警察先生的嘴也很硬嘛。」

這混小子難道都不會覺得害臊嗎？

納十的膝蓋滑過來輕輕磨蹭我的下身，在沒有心理準備之下，突然被別人的身體碰到，我當然會嚇一跳啊！我用盡力氣企圖把雙腳合起來，很不幸的是，納十的一隻腳抵在中央，當他越是輕柔地推擠，越是令我感覺到異樣。

我不是和尚，每個人類的身體都一樣，只要那個地方被刺激了，就算再怎麼不想要產生感覺，但有些事情超越內心以及身體所能控制的範圍。

「已經有感覺了是嗎？」

「我……沒有。」我緊緊地抿著嘴巴。

「都已經這麼堅硬了還不承認？還是要先讓你射一次？」

「……」

我一句話也不說，因為只要一張口，那令人感到羞恥的聲音絕對會脫口而出。

「你說怎麼辦才好？」

我臉頰一陣發燙，和那個不斷被來來去去磨蹭的地方一樣燙。我越是不回應納十，他就越是規律地壓動著膝蓋，似乎是故意想要令我承受不住。

我把視線對上納十那對迷人的雙眼，除了看到他當下的情緒之外，還看到他眼裡閃耀著享受的光輝。

納十這個臭小子……很明顯是在戲弄我。

「如果是那樣……」

「不，啊，不要！」

「嗯？」納十挑眉。「不要什麼？」

「我……我不想要射出來，唔。」

「為什麼呢？」

我咬緊牙根。「就……等一下會髒掉。」

「喔！」

我聽見納十隱隱的笑聲，一陣又一陣，可是我卻把臉別向其他地方，因為實在是無法接受啊。

等領帶一拆下來，我保證會揍到讓他帥不起來。

納十停下了他那下流的行為，我立刻把手遞到他面前，想叫他盡快釋放我，我才能快點衝進浴室裡將情緒平復，到時候再來賞他幾拳。

納十抓住我的手，可是他非但沒有解開領帶，反而還拉高我的手，壓制在頭頂上，我身上的汗衫也被拉高到鎖骨的位置。

「身為一名警察，皮膚竟然這麼的白嫩。」

「……」

「這樣子的話，換個工作會不會比較適合？」

「換工作？」我傻傻地重複他所說的話。

納十低下臉來靠在我的耳邊，細語呢喃。

那個字令我睜大雙眼，臉上的溫度比先前更灼熱。我扭動著身體，期盼能立即掙脫開來。「下流！夠了，放開我，是誰一開始說要放開我的？」

「什麼時候說的？我一句話都還沒有說呢。」

「……」

我覺得不太對勁，極度想要逃離這個情境。我的手被壓在頭頂上，腳則是被納十的下半身壓制住，完全無法移動。最後我決定撐起身體，為了張口去咬納十唯一沒有被衣物遮蔽住的脖子，想著要咬到他流血。

「啊！」

結果竟然是我先慘叫出聲，因為納十藉此逮到了機會，將手伸到我背後。他一使力，我的胸部隨即從沙發上挺了起來。

納十低下頭的瞬間，嚇了我一大跳，他把溫熱的嘴脣貼在我的胸部上，當他張口含吮住我的乳蕾，我的表情猛然變了個樣。

就好像是有股電流從那個小點鑽進骨子裡。

納十的舌頭灼熱，他沿著周圍舔弄時，我不得咬緊牙根，閉上雙眼。納十似乎知道我正在壓抑著聲音，因此刻意地抿起嘴脣，忽輕忽重交替著碾壓那個地方，到後來我都能感受到乳粒的堅挺腫脹。

「十……不，啊。」

這已經不是我和納十的第一次了……

也不是第二次或是第三次。雖然以前我是真的很不習慣這種床第之歡，但是現在也尚未習慣，就是因為納十始終都這麼故意地戲弄我。

我的臉微微地左右晃動，眉頭緊蹙，一直到那個感覺消失為止，我才緩緩地睜開眼睛。不一會兒，我臉頰飛快地染上一抹紅霞，因為我看到納十把舌尖移開的瞬間，牽起一縷反射著光線的透明水絲。

納十緩緩地舔著嘴脣。

「啊！」

他修長的手指壓在我的乳頭上。「身為一名真正的員警……卻露出了這麼色情的表情，嘴巴還說不是那樣，不會覺得害臊嗎？」

我依然搖著頭。

「嗯？」

壓在我身上的那個人確實是納十，但是他所說的話以及看過來的眼神，卻令我覺得和平常的他截然不同，某種情愫在身體裡流淌。

納十這時脫掉了穿在身上的西裝，解開了襯衫鈕扣以及戴在身上的昂貴皮帶。

納十再次彎下身來靠近我，他把嘴脣溫柔地貼在我的臉頰與耳朵附近，緊接著慢慢地向下移動至頸窩。他先是拖動著舌尖，再以牙齒刮搔那裡引起刺激的疼痛感。當我感覺到他厚實的手掌鑽進來貼在我的臀肉上時，便使勁地翻身，從原本的仰躺變成了俯臥的姿勢；也就是在那瞬間我才發覺到，穿在身上的那件溫暖的褲子早就被脫下來了。

下半身僅剩下一件四角褲……

納十仍舊以單手將我被領帶捆住的手腕固定在沙發上，我的臉頰當然也貼在了上面；至於他的另一隻手，則是攬住我的腰向上拉動，讓我呈現出趴跪的姿態。

就在那一瞬間，穿在我身上的最後一件衣物被拉下了一半，納十那隻厚實的大手用力地抓在上面蹂躪著。

「警察先生果真很適合改做其他職業呢。」

「……唔。」

我感受到溫熱的鼻息噴在背脊上，手指頭不由自主地顫抖起來，納十一寸又一寸地往下移動，他用雙手抓住了我的屁股。

「別動。」

我才想要抬起身來，一道嚴厲的聲音隨即響起。

真不曉得我的腦袋當下是如何理解、思考的，因為我稍微愣了一下之後，就完全不敢再移動了。我把被綑綁住的雙手收攏到嘴唇附近，然後再把臉埋在手臂上。

「嗯……嗯——」

我感覺到後穴被指尖，以及那溫熱溼軟的舌尖入侵。

耳裡聽見了令人害臊的溼滑抽動聲，腳也抖得更厲害了，身體中間有種無法言喻的腫脹疼痛感。若不是納十以另外一隻手固定著我，我早就癱軟在沙發上。

納十沒有抓住我的下身，但我的情慾卻不斷累積到達了頂點。即便雙手被領帶綑綁住，我仍然試圖向下滑動，想要抓住那裡來舒緩疼痛。

……我的手腕卻被硬生生地攔截下來。

「已經受不了了嗎？」

「嗯，納十……」

納十忽地停下動作，此舉卻令我感到更加壓抑，大腦一片空白，只覺得滯礙難耐。

「十……」

名字的主人依舊保持緘默，像是蓄意在戲弄我。

我先是輕輕地抵住嘴巴，後來才開口說道：「嗯，進……進來……」

「……」

「你的東西……啊！」

話才一說完，衝擊的力道就立刻撞進來，使得身體往前晃動一下，體內的熾熱使得我必須用力地咬著牙。納十的雙手緊緊攫住我的臀部，彷彿是為了緊密地與我貼合，不讓任何一點空氣有機會跑進去。

過了一陣子之後，他才緩慢地開始動作，那個地方一旦開始被摩擦，身體的溫度也隨之攀升。

下腹部彷彿有某種異樣感不停流竄。

「啊……啊。」

下一秒，納十慢慢地抽動起來，些微的酸澀感襲來，因為協助滑動的液體並不是潤滑液，過了一陣子之後他才加快速度。我的心情像是升到高點，就在接近高潮快要釋放一切之前，納十卻終止了動作，隨後用手掌輕輕地揉捏我的臀肉，好幾次和那個地方摩擦在一塊的瞬間，越發令人難耐。

當納十再度抽插起來時，那孟浪的挺動導致我不由自主地痙攣。

眼前的事物似乎一下子靠近，一下子又遠離，越是被頂弄，我的頭搖得越是激動，眼淚不知道什麼時候流出來的，直到臉頰摩擦到沙發表面才感覺到一片溼意。

我想要伸手去抓住自己的肉棒也無法如願以償……

「我受不了了……」

頂在我身後的納十靠上來呢喃：「想要讓我繼續動嗎？」

「嗯……」

「那你說句話來說服我啊。」

說服？我的視線模糊不清，腦子裡所想的不是先前的事或者是之後的事，而是當下如此折磨人的狀態而已。

「對……對不起，以……以後我再也不會偷跑來這裡。」

「……」

「動……動。」

納十像是愣住了一樣。

難、難道不是這種的嗎？

我的臉朝下，看不見納十的表情，我只知道他把壯實的胸膛貼在我背上，厚實的手掌愛撫著我的頭。

我突然感受到一陣暖流，納十把嘴唇湊上來，輕柔地啃咬著我的耳朵，帶著笑意地開口說道：「真棒。」

「……」

「那我就來頂撞你喜歡的地方吧。」

由於我的膝蓋使不上力，納十就不再勉強我撐著，我整個人趴倒在沙發上，每一次旋入，那個地方也會跟著被碾磨，為此我得緊緊咬住牙根。

「唔。」

「基因……」

我聽見納十嘶啞的嗓音一遍又一遍地喊著我的名字。

視線所及的景象變得朦朧，身體隨著屁股承受的力道前後搖晃，納十伸出左手撐住我的下巴，把我的臉轉向他，接著把嘴唇覆蓋下來。

抽動的動作持續沒幾下，輕飄飄的感覺迅速襲來。

我暈眩的腦袋彷彿能夠看到星星，無論是臉頰或是身體的每個部分都異常的滾燙，我連一根手指頭都不想要再移動了……

我頗為不滿地注視著正在替我手腕上藥的人。

那個位置因為被某人的暗紅色領帶摩擦而產生了紅色的痕跡，那條領帶此刻正皺巴巴地躺在沙發前方不遠處的小玻璃桌上。

完事之後，眼冒金星的我被抱進浴室裡，我不但沒有依約幫納十洗頭，反倒是讓他先幫我洗了。起初他的手還往下移動，打算一併幫我清洗其他部位，但是我搶先從浴缸裡跳了出來。

慶幸的是，浴室很寬廣。我嚴厲地警告那個渾小子待在浴缸裡面禁止出來，拉上簾子之後走到蓮蓬頭底下，從裡到外徹底地將自己清理乾淨。對於每次都必須做這種事情，我很難形容這份感覺。

通常我會累到直接睡著，而納十會幫我清理乾淨，雖然很令人羞恥，但是我知道他是一片好意，因為他擔心我會肚子痛。但是今天……我實在是太過惱怒了，差點就要跳起來飛踢這個臭傢伙。

「痛嗎？」納十溫柔地詢問。

他的手指輕柔地游移在我手腕上的紅色傷痕上，我幾乎沒有任何痛感，低頭望著自己的手，又抬起頭看向他，見到那副擔憂的神色不由得翻了個白眼。

「如果怕我痛，那你為什麼還要那麼做？」

「我只是想要幫忙嘛。」

「那很明顯只是在欺負我而已吧。」

「還不是因為基因先生實在是太可愛。」

「哈？」我的臉又拉得更長了。「你是有精神病嗎？」

一聽到我這麼說，納十就笑出聲來。就在那一秒，他迷人的眼睛轉過來凝視著我。

「基因先生還不是跟著演起來了，如果你還要繼續辯說感覺不好或者是沒有達到高潮，我是不會相信的。」

「……」

那個時候身體根本不自覺好嗎！

看他的眼神似乎是在模仿我，我使勁地抽回手，接著抬起拳頭準備朝他的胸口揍上一拳。其實我沒有特別出力，不過納十用厚實的手掌擋了下來。

「那小說的事情想出來了嗎？」納十問道，不過看他的樣子似乎是早就了然於心。

就……就是那個樣子啦。

起先我還有很多地方卡著，但是現在不得不承認，許多部分已經沒有問題了；甚至是兩位男主角的性愛場景，都已經能夠在腦海裡面延伸出綿長的篇幅了。

木已成舟，我不由得嘆了一口氣，收回自己的手。就在那一刻，納十向前傾身，在我的臉頰上親了一口，發出了響亮的吻聲。

「那下次我們來試試醫師跟病人的故事好不好？」

「不要！」

特別篇六

網頁管理員的一天

谷比從來沒有想過，她辛辛苦苦存錢和好朋友出國旅行，竟還能得到額外的收穫。

當她們搭乘地鐵抵達九段下車站之後，步行前往千鳥淵公園，就在她眺望眼前景象的時候，竟然清楚地看見記憶中的兩個人，非常湊巧地從前面擦肩而過。

納十、基因哥！

沒錯，一名身材高挑的男子和另一個人走在一起，他們絕對是納十跟基因哥！

這對ＣＰ，正是她所管理的粉絲專頁的主角……

谷比是這兩個人的頭號粉絲，雖然她分出了一部分的心去喜歡韓國偶像以及中國明星，但是她當然也是十基因這對ＣＰ的超強後援會。即便早期這艘愛之船不怎麼穩固，再加上後來爆出了私下交往的新聞，經過那場混亂，這艘木製的愛之船一度被打散了，不過現在可是牢不可破，好比郵輪一樣地堅不可摧。

雖然納十下個月就要退出演藝圈這件事情震撼了許多人，可是在那之後，他又開始陸續發布基因哥的照片，或者是在ＩＧ上面發文表示親密，使得追隨這對情侶的粉絲人數持續增加；即便還是有一些追隨十邇頤的粉絲有些不高興，不過看到了這對情侶可愛的照片之後，過沒多久也跟著心甘情願地跳到這一艘船上了。

有許多人跳出來說，這兩個人肯定是情侶，但他們並不公開承認或者是明確的否認，依舊像平常一樣地生活，讓他人去猜想，令所有粉絲們心癢難耐到現在。

已經快要進入四月了，谷比的朋友「柚子」從去年年中，就計畫今年一定要看到櫻花盛開的美景，而且一定得是真正的日本櫻花。

谷比很興奮地數著這個日子的到來，她之前也不曾看過真正的櫻花，難得有機會可以出國旅行，幾個月前就開始購入必需品，沒想到會讓她在這裡見到了納十跟基因哥，她……她差點就要暈倒了。

「喂……喂喂喂。」

「吼，臭比妳是怎麼了？別扯我！」

就算被朋友責罵，谷比也不生氣，抬起手指向遠方。「妳看他們是不是納十跟基因？我覺得是他們，還是幫我確認一下比較好。」

柚子跟著看過去，原本不耐煩的表情立刻變得既興奮又高興。「幹——是納十跟基因哥耶！」

她們兩個人就在原地不停跳腳，還發出了驚叫聲，周遭旅客見狀不由得投以異樣的眼光。

「拍照、拍照、拍照。」

這陣子的氣候不像以前的十二月到二月那麼冷，但也不會感覺到炎熱或者是溫暖，溫度大約在攝氏十三到十五度之間。不過今天的氣溫和往常相較起來稍微偏低，只有十一度而已。

納十穿了一件上頭有兩顆鈕扣的黑色大衣，衣物不會太厚，長度一直延伸至大腿，而下半身的穿搭則是一件質地很好的黑色牛仔長褲與帆布鞋。他這身冬裝是在泰國從來不曾有過的打扮，看得讓人心臟都要融化。

至於他身邊比較嬌小的那個人，似乎比較怕冷，穿了件淺藍色蓬鬆的羽絨外套，他沒有戴上圍巾，所以將扣子旁邊的拉鍊嚴實地拉到下巴位置。

谷比曾經想過，穿上這種衣服會令人看起來像是米其林輪胎人偶，但是她心愛的基因哥穿起來卻很可愛，只有上半身胖嘟嘟的，細長的雙腿像極了棒棒糖的棍子。

那兩人邊走邊聊天，臉上掛著微笑，不知道他們在聊什麼有趣的事情。

「這不是很失禮嗎？這樣子偷拍他們。」

「拍著自己欣賞啊！我就是想要嘛。」

「那過來這裡、過來這裡。」

納十與基因哥沿著白色與嫩粉色交錯的櫻花樹行走，人潮相當多，不過好在並不會太過擁擠。有幾棵櫻花樹開太久就快要凋零了，當風吹過來，小小的花朵就隨之飄落。

當然嘍，谷比覺得很漂亮，特別是……她心愛的這對佳偶走在她面前，沐浴在櫻花樹下有說有笑的畫面，看起來都是粉紅色的。

她舉起相機，把手臂拉到最遠，正準備按下快門的那一刻卻愣了一下。

「幹，納十看過來了，是在看我們嗎？被看到了嗎？」

「我們這樣拍他，他應該發現到了吧……」

谷比與柚子顏面盡失，抬起手正準備做出道歉的姿勢，但還沒來得及動作，納十就朝她們點點頭並露出了淺淺的微笑。

「十……十竟然對我們笑耶！」

「就讓我死在這裡成為櫻花樹的肥料吧！媽的已經沒有必要回泰國了。」

納十的微笑讓她們如同打了一劑強心針一樣，柚子搶過谷比手中的手機，做出指向手機的姿勢，但是納十卻已經轉回去了，因為基因哥正拉著他的衣服呼喚他。就算知道她們剛剛是在偷拍，納十也沒有不悅的神情。

……他沒有責怪的意思。

「妳，喂，快點上傳到粉絲專頁上，剛剛的照片，現在馬上傳！」

納十基因的關鍵時刻大全，已上傳圖片。

小編跑到日本旅行，但是今天的目的不是來炫耀什麼旅行，我們要炫耀的事情是……

（照片）（照片）

Looknum Cartoom：碰到納十跟基因哥了嗎！

Mew nattatida：是納十跟基因先生，好羨慕啊——他們一起去旅行嗎？

為什麼納十沒有在IG上面放任何照片啊？

Fah Wiwattana：快閃開，這艘船開得很急。

沒幾分鐘就湧入一堆留言。

谷比看了不禁呵呵一笑，特別是有人留言說她運氣好而且很令人嫉妒。沒錯，谷比也覺得自己運勢非常的好。

由於這條路上並沒有太多的分岔路，她們就這樣一路跟在納十還有基因身後。走到一處相傳是最美並且很適合拍照的彎道時，谷比看見基因哥停下來，伸出手輕輕地拉住納十的手臂請他停下腳步。

由於這一處的櫻花枝幹往下彎，就連河岸邊青綠的草地也幾乎要被白色與淡粉紅色交錯的櫻花遮蔽住，基因哥拉著納十，側身讓後方的行人先通過，接著才站到一棵盛開的櫻花樹下。他拿起自己的手機，眼睛彎彎地露出燦爛的笑靨，同時用手指了指，開口叫納十不准移動，表示要替對方照幾張相片。

但是納十竟然搖了搖頭，反倒把基因哥拉到那個位置，然後自顧自地拿出手機向後退開。不一會兒，當他透過鏡頭審視一遍基因哥，又重新走向他，舉起手把基因哥拉到頂端的羽絨外套拉鍊，從下巴處往下拉開一些。

「幹，我要死掉了我。」
「這個樣子肯定是情侶了，啊幹，我來得及拍嗎我？」
「來得及……」
谷比失神地點了點頭，被柚子拉著再更靠近了一些，假裝是在照相。她們知道納十已經察覺到她們的存在，但是基因哥還不曉得。
還是要表現得自然一些好，因為基因哥是個很容易害羞的人，假如被他發現了就不會是可愛而是耍帥，那麼一來她們就看不到漂亮的照片了。
「不然等一下我也來幫你拍一些吧。」
「不用沒關係。」
「不管，我就是要幫你拍。」
納十朝基因哥笑了笑。谷比看得一清二楚，那個笑容是憐愛的表情。
當納十拍好了之後，身材比較嬌小一點的基因哥就擠到他旁邊，為了查看照片中的自己是什麼模樣。他小小的嘴巴微啟，緊接著點了點頭。
「技術不錯嘛。」
「那獎勵我一下好嗎？」
「不是你自己說要拍照的嗎？竟然還敢要獎勵啊？」
「如果不給，接下來我就沒有力氣繼續拍照了。」

「也行，那你想要什麼？」

納十彎下身來，靠在基因哥的耳邊輕輕地說著悄悄話，就在這一瞬間，基因哥整個人傻住了。因為天冷的關係，站在這一側的谷比她們看得一清二楚，基因哥的臉頰比先前都要來得紅。

谷比靠在柚子身上，替基因哥感到飄飄然。

「你猜納十說了什麼悄悄話？」

「今晚絕對要吃了你之類的，我好希望是這樣啊，趕緊再上傳新的照片！」

納十基因的關鍵時刻大全，已上傳圖片。

也不知道到底說了什麼悄悄話，只知道我們這邊已經死成一片了。

（照片）

Sasipha Phuwadii：吼，那附近的櫻花已經全部都變成粉紅色的了啦！

Tiamfah sealiew：雖然在這之前已經確認過很多次了，但他們一定是情侶，絕對是情侶，看到這個情形又更確信了。

「粉專上面的人都跟著我們一起死光了。」

「這就是粉絲們的宿命。」

谷比跟柚子妳一言、我一語地說個不停，後來看到納十和基因哥繼續向前行，她們也跟了上去。

雖然她們覺得有些愧疚，因為她們在這兩個人的私人時間裡面跟蹤了他們，但是她們真的很想看著對方，距離也沒有靠得太近。接下來，她們偶爾替他們拍張照，在發布照片之前，會挑選幾張不侵犯這一對佳偶隱私的照片。

一直走到乘船處，基因哥又再次出聲喊了納十。

谷比斬釘截鐵地確信，這兩個人是相愛的，而且還是在電視劇上映的期間就開始交往了，因為他們親密的舉動非常自然，沒有半點扭捏；再者……納十還是寵溺年長男友的那一方，完全就像是在疼愛自己的孩子那樣，看了讓人心頭不由得一陣暖。

谷比喜歡看男人與男人之間互相示愛，一開始只是隨波逐流地看著這對CP，追蹤納十在IG上面發布的合照，然而當她真的親眼見到他們的互動還有說話方式，不禁覺得，就算他們是異性戀或是沒有帥氣的外表，但只要他們對彼此有愛意，連旁人都會不由得感染到這份快樂與甜蜜。

谷比和柚子並沒有去租船，而是站在一個能夠看到這對情侶的定點。有一艘銀白色的小船在河道中越划越遠，倘若沒有全程緊盯著，會很難發現到他們，因為距離相當的遙遠。

柚子仍舊不斷在拍照……喔不，應該是說放大螢幕直接錄影了。

現代的手機性能相當好，納十坐在船頭，手握著船槳；至於基因哥則是拿著手機看到什麼都拍，包含他的男朋友在內，拍完就笑得很開懷。

「看起來真的很相愛呢，除了給予祝福之外，我也開始嫉妒了。」

谷比跟著點點頭。

「真想不到，納十安安靜靜地像個大人一樣，竟然表現得那麼深愛基因哥。」

「就很速配啊。」

「是因為他們相愛的緣故吧？就算不速配，只要相愛看起來就是有愛啊。」

「嗯哼。」

柚子仍舊拿著手機不放，當她看見畫面裡的人露出微笑，她也跟著笑了起來，但不一會兒又轉過頭來看向谷比。「妳想誰是攻？誰是受？」

谷比聞言露出了古怪的表情。「當然是納十攻啊！」

「別人的床笫之私我們又怎麼會知道？」

「夠了，柚子，請勿隨便攻受互換好嗎？也不看看我們管理的粉絲專頁是什麼，我生氣了喔。」

「切，我只是在跟妳鬥嘴而已，如果要讓基因哥推倒納十，我也想像不出來那個畫面。」

「妳不需要去想像畫面啦，不管怎樣基因哥百分之百是受方，從基因哥寫的小說來看就知道了。」

「哈？怎麼說？」

「妳讀過《霸道工程師》的小說了吧？和最新發布的作品相比，我覺得性愛的部分寫得進步了許多，而且妳也知道基因哥描寫的感受是以受方為主，感覺就是這個樣子，也就是說是實戰經驗。」長篇大論地分析完後，谷比哈哈大笑。

「妳這腦補的功力了得啊，臭比。」

這兩個人停下拍照，決定走到自動販賣機那裡買瓶綠茶來喝喝，也替自己拍一些照片。

今天晚上似乎是有些節慶活動，當天空暗了下來，沿著櫻花樹旁擺設的路燈就亮了起來，增添了光影的美感。谷比與柚子看過有人將去年慶典的照片發布到社群網站上。

後來，她們看到納十和基因哥沿著指示的路線前往靖國神社，至於她們兩個人，本來計畫在公園裡面賞完櫻花後要去皇居外圍拍照，不過現在也決定改去神社附近參觀。

步行抵達目的地後，霞光逐漸淡去，掛著裝飾的燈籠隨即亮了起來，不同於明亮的大白天裡盛開的櫻花，別有一番風情。

前來參加慶典的人潮相當的多，神社前方的人行道空地盡是流動攤販，整個區域香味四溢。

「哦，我又拍到好照片啦！」

「這樣的照片看起來很美耶，前面清晰，背景模糊。」

納十基因的關鍵時刻大全，已上傳圖片。

神社裡人潮洶湧，不過有提供桌椅讓遊客坐著吃東西，我們找不到好的位置，但還是能拍到一些好照片。#基因先生與章魚燒

（照片）

Sawapak kuglin：照片越來越明顯了，情侶！

Lin Sora：我敢打賭，如果不是因為有這麼多人在現場，他們一定會幫對方擦嘴。

Looknum Cartoon：沒有那種請他們給拍照的照片嗎？拍個兩、三張對著螢幕微笑的啊，版主。

谷比正笑咪咪地看著一則又一則的留言，柚子戳了她一下，叫她轉身注意那對已經走遠的兩人，她們這才動身跟上去。

一到了傍晚，氣溫就降下來了，柚子從包包裡面拿出圍巾，在脖子上面繞了好幾圈。

「冷爆了，基因哥看起來好像也很冷的樣子。」

或許是因為特別想要照顧對方，見到基因哥覺得很冷的模樣，谷比就忍不住想去扯掉柚子脖子上面的圍巾，拿去獻給她心愛的基因哥。

她看到基因哥試圖想要把手藏到羽絨外套裡面，不停挨著一旁的高個子行走。一路上緊盯著他們的谷比與柚子，直到親眼見證了眼前的畫面，臉上不由得堆滿了笑意。

納十牽起基因哥看起來頗冰冷的手，然後揣進他外套的口袋裡，混在熙來攘往的人群中行走，沒有任何人會注意到……

見他們兩人相視而笑，谷比的心也跟著脹得滿滿的。

她們一直往神社內部走去，人潮漸漸稀少，或許是因為這個地點沒有什麼可看性，因此不大受到關注。四周寧靜又平和，當她們回頭，可以發現燦爛的橘色燈光與色彩。

這兩個人再次望向前面的這對佳偶，過了一會兒又轉回來點了點頭。

「回去吧。」

「嗯，讓他們獨處吧，晚一點去跟基因哥道歉，把他的照片上傳到網路上，不曉得哥他什麼時候會發現？」

「嗯，也好，去休……喔！」

這兩個人眼睛突然睜得大大的。

她們才剛從很喜歡的ＣＰ身上移開視線，正準備往回走時，就忽地瞥見納十跟基因哥停在一個燈光昏暗的位置，聽見了鐘聲以及風吹得樹葉婆娑的聲音。

就在這個時候，納十低下頭靠近身邊的人，將嘴唇貼在基音哥柔軟的臉頰上。

「……這。」

「幹！親臉，情侶錯不了了！」

就在谷比和柚子忍不住要尖叫的時候，納十帥氣的臉轉了過來，嘴角揚起一邊，抬起食指貼在嘴唇上。

尖叫聲差點脫口而出。

粉絲專頁的兩位版主得趕緊衝回飯店裡面瘋狂大叫一番，這一天的旅遊行程實在是太不划算了，但是其他方面倒是值回票價。

特別篇七

今年二十一歲了・納十

「嚇！臭十，明天不是你的生日嗎？」

「嗯，對耶，要跟我們去喝一杯嗎？已經好久沒有一起去了，正好是星期六。」

維恩還有邢的聲音讓盯著電梯樓層顯示器的我挑高眉毛，腦子立刻回想了一下今天是幾月幾號，才意識到明天真的是自己的生日。

我先是沉默了一陣子，然後才開口回覆：「下星期再去吧。」

「啊。」那兩個人同時露出不解的表情，但下一秒就恍然大悟。「喔對，我忘記基因哥了。」

「也是，生日就得先跟愛人一起過，對吧、對吧？嫉妒啊，好啦，不管怎樣，你心愛的基因哥本來就排在我們之前，下個星期再去也行，沒有什麼差別。」

我沒有否認。

因為腦海裡面確實是想到了對方。

其實我並不是特別在乎生日的那種人，在這之前，或者是過去的每一年生日都沒有什麼特別之處。有幾次從爸媽那邊收到禮物，前提是他們知道那陣子我對什麼有興趣的情況下，不然每年就只有簡短的祝福以及笑容。一哥的生日也差不多是這個情形，或許是因為我們都是男孩子，因此並沒有特別重視這一天。

可是……這是我和基因一起生活的第一年，我竟然期待起和愛人一起度過這一切，聖誕節、情人節，當然生日也是一樣。什麼都好，只要是基因給的，我都會很高興。

「那我們再聯絡。」

「嗯嗯，再見啦。」

「嗯。」我拿起車鑰匙，坐到駕駛座上。

自從我和大諳姊的合約到期，我的生活看起來正常多了。以前在接演藝圈的工作時，偶爾得向學校請假；假如是在外地拍攝，甚至不能回家。即便我有好好地控管時間，而且也不會影響到自己的私人時間，但是在合約到期之前的電影拍攝工作相當吃重，那陣子是真的很辛苦。

不過合約到期也是有缺點的，自從這份工作終止，有一部分的收入銳減。在幾個月前，我才開始加緊學習經商的知識，隨後從帳戶裡撥出一筆款項購買一間公司的股份。經過評估，日後應該會再增加投資，額外再追加併購一筆生意，然後再拿出一筆資金投資另一家公司的股份，等著分紅。

此外我還有公司的工作，爸早就希望我能放棄模特兒的工作回來經營家族企業，所以得經常去應酬並且待在公司裡。

當我回到家門口，悄悄地打開門鎖並且推開大門，耳裡隨即傳來了流行歌曲以及輕輕哼唱的聲音。跟室外陽臺相連的門被拉了開來，吹拂進來的涼風發出輕柔的聲響。

我知道另一個人正待在外頭，因此一個箭步走到門邊。

「基因。」

那個熟悉的身影正舒舒服服地躺坐在泳池旁邊的椅子上，大腿上放著平常使用的筆記型電腦，一旁的小桌子上放了杯飲料以及被享用過的半塊蛋糕。

「啊，回來了嗎？怎麼今天這麼快就下課了？」

「老師提前下課了。」我移動腳步走了過去，在基因旁邊站定，就用手指關節去觸碰他軟嫩的臉頰。從這個角度望過去，可以清楚看見他頭頂上那令人憐惜的髮旋。

「喔！這麼爽。」

「比不上基因吧？一直像這樣坐在電腦前面吃吃喝喝，小心變胖。」

基因的臉色開始變了。

看見他這副模樣，我就在他旁邊一屁股坐下來，把頭靠在他纖細的肩膀上，將視線投射到對方將初稿檔案開啟的螢幕上，看來今天有好幾頁的成果。

通常基因每天都會開一個新的檔案撰寫，寫好之後會彙整到一個主要的檔案裡面。哪一陣子比較沒有靈感，他就會替自己擬定一份計畫，預計當天釋放壓力之後，明天或者是後天就應該要達標幾頁。看他好像一副很隨興、什麼事情都不太在意的樣子，想不到只要是關於初稿的事情會認真到這種程度，當初知道這件事情的時候，我也嚇傻了。

我不怎麼希望基因壓力太大，錢的事不是什麼大問題，因為我可以養他一輩子。我曾經很嚴肅地跟他談過這件事情，他聽了之後像個好孩子一樣順從地改變了態度，從原本的專職寫作變成了興趣，想要什麼時候寫都可以，結果最新的初稿竟然比之前的都還要來得順暢。

只要基因開心，我就會跟著開心。

「我有起來走動啊，在你進來之前，我有繞著游泳池散步。」

我把手放在基因頭上，將他推向我，鼻子一聞到愛人那獨一無二令人感到舒服的味道，內心就跟著平靜下來。突然間想到明天的事情，我索性開口說道：「光是這樣子運動是不夠的，明天跟我一起出去外面吧？」

「外面？」

「假日嘛。」

一開始對方表現得很困惑，緊接著面有難色地左右張望。「那個……」

我豎起了眉毛。

「白天的時候我跟達姆有約。」

「約了達姆哥？」

「嗯……」

「為什麼要約明天啊？約去哪？」

「去買重要的東西啊，好幾個星期之前就先跟達姆約好了。」

「……」

買東西？

我的面色微慍，眼神掃視著面前這個人。

明天是我的生日，基因……難道忘記了嗎？

當我這麼一想，委屈就迅速地湧上心頭。

「但是！但是我晚上有空唷。」基因隨即拉高語調，挨過來把臉轉向我。「明天晚上你沒有其他行程吧？改成晚上可以嗎？」

看著基因進退兩難的神情，我不由得輕輕地嘆了一口氣。

無法抑制自己像個小女人一樣吃味，因為基因是我深愛而且最在乎的人，這種從來不曾對別人產生過的奇妙感覺，面前這個人竟然有辦法讓其揮之不去。

不過我並不想要為難他，因此才會強忍著嚥下這份苦澀，緩緩地搖了搖頭。

「沒有關係，我沒有要去哪。」

基因的臉色這才好了一些。「那就約晚上嘍，我應該會趕在晚上六點之前回來。」

「好的。」

我回應道，把鼻子還有嘴唇貼在他柔嫩的臉頰上，告知要進屋子裡面沐浴更衣，接著就起身走開，怕自己再多逗留，會對他肆意妄為。

當我洗完澡、換上新的休閒服，發現基因依舊坐在外頭。就在我走出來的同時，手機正好響起，一看到是爸的來電，我就停在原地接聽電話。

「喂？」

「十，明天是你的生日，會回家一趟嗎？」

「沒有要回去，應該星期天才會回去。」我動了一下，把屁股靠在沙發椅背上。

「明天有一間分公司要開張，上個星期爸已經跟你說過了……」

「明天嗎？」

由於後期都是一哥全職在幫忙爸爸，因此才又設立一家分公司，事前要做很多準備，從去年年底就開始請教、諮詢並進行籌劃。只不過爸的原定計畫應該是下星期才開始進行，電話裡卻說要改成明天，這讓我感到很震驚。

「你媽媽說要在孩子生日當天處理，這樣註冊公司的時候就能寫下你的生日，所以開張的宴請才會安排在明天，邀請卡在上個星期就已經發出去了。」爸解釋道：「一開始沒有先跟你說，是想說你應該會跟基因四處去玩，但是你媽媽說讓你把基因也一起帶過來參加，怎麼樣？」

「明天是嗎……」我喃喃自語地重複一遍。

「假如沒空不打緊，事出突然，等星期天再帶著基因回來一趟就好了。」

我並沒有立即回答，而是先想到了基因，因為他說白天的時候會不在家，回來的時間點不超過晚上六點。一想到這裡，我就開口回覆：「可以，但是我得在晚上六點之前回來。」

「嗯，應該沒什麼問題，活動從下午就開始。」

「好的。」

「那基因呢？媽媽在問。」

「基因有事情，或許無法到場了，請媽等到週日再來看他吧。」

聽我這麼一說，爸表示理解，不再多說什麼，稍微交代一些細節就掛上電話。

我把手機放在沙發前的小桌子上，視線轉向玻璃門的方向，看著波光粼粼的水面隨著清風的吹拂捲起了漣漪，基因的筆記型電腦所播放出來的樂聲也跟著悠悠地傳進來。

我沒有去問基因要不要去宴會的事情，因為他都說了，好幾個星期之前已經跟人約好要出去買重要的東西了；再者……我的愛人不大喜歡複雜的地方，這種需要裝模作樣談公事、對每個人阿諛奉承的場合，實在是不怎麼適合基因。

就算生日這天想要一整天都和基因膩在一塊，但如果遇上無可奈何的事情，那麼我就不會再去多想。往年的生日我也沒有機會回來跟基因碰面，當時還不是不怎麼放在心上？

晚上的時候……再告訴他今天是我的生日，然後向他狠狠地收一筆忘記生日的代價就夠了。

* * *

「今天是你的生日呀，所以公司才會選擇在這一天開張。」

「哦，這個想法真是太好了，我在芭達雅的新公司看來也要安排在女兒生日這一天了。」

我望向挽著我的手站在一旁的媽媽，臉上和往常一樣帶著淺淺的微笑，而且也沒有開口多說話。那名中年男子說完話之後，就以著欣賞的眼光轉過來盯著我，我含蓄地朝他點了點頭。

從下午開始，就被媽媽挽著手滿場跑，我覺得有些疲憊，幸好早在好幾個鐘頭之前，經理就宣布開張了——這就是一哥的職責所在。

沒有被媽媽挽住的另一隻手臂動了動，抬起手腕查看時間，已經快要接近晚上六點了，基因應該快要到家了，再過一會兒我或許也可以回去了。

「對我來說，兒子是一個很棒的人。在別人的眼裡是怎麼樣我不知道，但是在我的眼裡他非常的優秀，因此在討論公司開張的事情，就想要安排和兒子的生日同一天，希望公司也能跟這孩子一樣蓬勃發展而且蒸蒸日上。」

我稍微嘆了口氣，想不到媽媽竟然會向別人這樣子自賣自誇。

「小屏還記得納十哥，我也有一直追蹤哥的消息，之前知道哥要離開演藝圈的時候還難過了好一段時間，沒想到竟然是甌恩阿姨的兒子。」一名女性嬌滴滴地說著。

我轉過去看了一眼，見到她笑容可掬地盯著我看，我也禮貌性地微微一笑。

「啊？納十曾經在演藝圈工作過嗎？」

「嗯，待過一陣子。」

或許是因為我回答得頗為簡潔，媽媽忍不住補充幾句：「小十他有自己賺錢的方式，但是退出了也好，太複雜了。他爸爸剛好也希望兒子回公司幫忙，等到大學畢業應該就能夠全心投入到工作上了。」

那個中年男子聽完，眼睛似乎更亮了，不斷地看著他女兒還有我這邊。

我假裝沒有看到，但是媽媽好像是發現了這個情形，表情就慢慢地嚴肅，本來還打算繼續誇獎我的話語瞬間打住，改口請求先行離開。

看到她這個舉動，我嘴角的笑意又更深。

我的媽媽和別人不一樣，她不喜歡拿婚姻來交換生意上的利益，另外……媽媽的女婿，即便沒有直接向世人公開，也絕對不可能會改變。

「要回去了對嗎？」

我讓媽媽挽著手再走一會兒，最後她放開了手。

「嗯。」

「星期天一定要回來喔，媽媽會請人準備好飯菜，媽媽很想念小基因。」

聽到這番話，我的笑容變得更加燦爛。「好，明天快到家之前，我會讓基因撥通電話過來。」

媽媽一臉滿意地看著我，抬起手在我剪裁合身的西裝外套肩膀處拍了又拍，見到她臉上驕傲的神情，我不禁伸手去握住她隨著歲月留下痕跡的手。

她陪著我走到大門前，但我不想要造成媽的困擾，因此請她趕緊回到屋子裡。

這個大型的正式宴會請了許多人來打點一切，原本可以請人開車把我送到停車場，但是我不想太麻煩人，因此繞著旁邊的路自行走過去。

上了車，關上車門後，我拿起手機查看，沒有任何訊息通知。就算我不願意去多想，但是吃味的感覺又再度襲來，過了好幾個鐘頭了，我的基因竟然還不知道……

不過我轉念一想，對方或許還沒到家，或者正在忙著他的事情，不由得輕輕地嘆了口氣，把手機放在車子的儀表臺上。

我伸出手去打檔，轉動方向盤開往前方的公園。由於大樓蓋在小巷子裡，想要開到大馬路上得先經過好長一段的河道中間道路，一盞大型的路燈被設置在路中央，每隔一段路就有一盞照明燈。宴會尚未結束，這條很長的馬路上幾乎沒有其他車子。

駛了將近幾百公尺，我在某個定點看到一臺黑色的歐洲轎車停在路中央，整輛車擋住了中間的道路。我不得不放慢速度，打算繞道而行，但是從車裡面鑽出來的那個人使我不禁踩下煞車。

那人透過車子的擋風玻璃看到是我，那高興的眼神使得我不耐煩地吐出一口氣。

車子壞掉停在路中央的人，正是媽媽四十分鐘前對談的那位商人的女兒……由於對方是爸爸公司的商業夥伴，就算我想盡快趕回去和基因見面，但至少也得停在路邊查看一下。

當我一打開車門走出來，她馬上開口——

「納十哥！」

「嗯。」我點點頭，轉過去望向她的車子。「壞了是嗎？」

「對，我家裡有急事，所以請爸爸讓我先離開，但是車子開到一半就壞掉了，我已經打電話請救兵了，不過還得等一下才會抵達，我很急。」

見她一副很焦急的模樣，我並沒有說話，走到車子前方打開引擎蓋，她也跟著走到我旁邊來。在察看引擎的同時，我的眼角餘光也瞥了車主一眼。

對於她一臉壓抑又想哭的表情，我沒有任何感覺。見她表現得像是浪漫愛情電影裡面的女主角想引起別人注意的模樣，我就忍不住想笑。

沒有想到她竟然費了這番工夫在這裡圍堵我，因為像這種在戲劇裡才會出現的場景部署並不容易，而且我很清楚她的爸爸在這之前所產生的想法是什麼。這個時代已經沒有盲婚啞嫁這檔事了，但偶爾還是可以看到商業聯姻。

這個事件看起來……比較像是人為的。

「我非常的趕……」

「電力系統似乎是出了點問題，如果已經有打電話請人過來接送了，就一併請拖吊車也過來處理。」

「哇嗚，非常感謝你，竟然知道……我完全都不懂，開車的時候聞到一股怪味，所以就馬上停車了。」

我點點頭。

「嗯，不過……不過我很趕，等人來接送還要好一陣子……」

「這裡離宴會會場不會很遠，搭我的車子先回到那邊也行。」

她笑逐顏開。「那個……剛剛我打給爸爸了，但是爸爸好像也回去了，才剛擦肩而過。」

我瞇起了眼睛。

雖然她的車子是真的壞掉了，但竟然拿來當作藉口。

「我家裡真的有急事，我住在第二運河那邊，離這裡非常遠，這附近也沒有計程車經過……如果不會太麻煩，可以幫忙……」

「如果是那樣的話，那我就在這裡陪妳等人吧。」

「咦？」

她大吃一驚的表情被我盡收眼底，她扭曲的嘴型以及臉色就好像是在說，我這個瘋子竟然不願意順著她的意思。

我不想接送她，當然開車送到計程車站比較簡單，但是路程相當遠，而且要站著等她叫到計程車得花上很多時間，還不如在這裡陪她等人來。

由於我不太想要跟她搭話，因此伸手指向我停在路邊保持發動狀態的車子，禮貌性、但有點半強迫地開口讓她待在車子裡等，而我則是走到那輛壞掉的車子前方，再次仔細察看，確認沒有其他機械故障，或是有哪個地方燒壞了可能會引發火災等問題。

「納十哥。」

我愣了一下，回頭看向聲音的來源，發現那個女人打開車窗，伸出一顆頭，手裡拿著我的手機。

「有人打電話給你喔，他說要跟哥講話，也不曉得是在急什麼？」

「……」

從我下車替她查看車子的那一刻起，原本沒有表現出任何情緒的冷淡表情立刻變了樣。我走過去並且接過手機，電話那頭顯示的名字瞬間令我變了眼神，我冷冽地望向她。

但是比起開口跟那個女人說話，等在電話另一頭的人讓我選擇先將手機貼在耳邊。

「喂，基因。」

「你在哪裡啊？剛才是誰接的電話？」對方的聲音微小，但是混雜著疑惑以及不滿的情緒。

「是媽媽認識的人的女兒，我把手機忘記在車子裡，現在正在J飯店附近的大馬路上。」

「J飯店？你去參加宴會嗎？」基因的聲音聽起來很震驚。「那為什麼甌恩阿姨認識的人的女兒會在你車上啊？」

平常的時候要是基因吃醋了，雖然我不想要讓他生氣，但我承認心裡會覺得很甜蜜。基因對我表現出的愛意與妒意，不論是哪一方面，我都會很高興，但是這一次狀況不一樣。

我和基因有相同的想法，如果有女人過來主動向我示好，那還能睜一隻眼、閉一隻眼，但是幫我接起電話，就好像是我允許那個女人接近我一樣，這又是另外一回事。假如基因真的誤會了，那問題就大了，因此我才會臉色大變。

我把大致的情形告訴基因，沒有任何隱瞞，隨即聽見了輕輕的唉嘆聲。

「十。」

「是。」

「好像很帥嘛。」

「……」

不用浪費時間去猜想，基因現在的表情就自動浮現在我腦海裡。他的腮幫子大概會鼓起到什麼程度？如果我在他身邊，早就伸出手去捏著玩了。

「我下午四點的時候就到了，不過看你遲遲沒有回來，都快要七點了，所以才會打電話過去找人……幸好有打過去。」

「再過一下子我就回去了，從這裡過去不會很遠。」

基因嗯了一聲回應，接著就先掛斷電話。我稍微把手放低，轉過去注視那個坐在車子裡抬頭望著我的女人。

我直接站在她旁邊講電話，言行舉止、態度以及對基因的感情，毫不掩飾地讓她聽見。知道到我的心上人是個男人，她的神情並不怎麼吃驚，這使我更加確信，她早就知道基因的存在。她都說了有在追蹤我的娛樂新聞，也就是說，她和其他粉絲所得到的消息是一樣的，知道我和基因正在交往。

「下次別再這麼沒禮貌了。」我只說了這麼一句話，就轉身離得遠遠的。因為車子已經被她坐走了，所以我閃避到另外一邊站著，冷淡地等待別人來把這個女人接走。因為和基因談過，我已經冷靜許多。

過了一會兒，車子行駛的聲音逐漸接近，車頭燈照過來的光線很刺眼，緊接著車子就停妥在一旁。原本以為那輛車子是來接送那個女人的，但是定睛一看，竟然不是。

我揚起了單邊的眉毛。那不是一般的車子，而是一臺黃綠色的計程車。

車門被打開，我往後讓出路來，一看到從車裡走出來的身影，即便只露出半顆頭以及部分咖啡色的頭髮，我立刻就能認出對方是誰。

「這裡，大叔，請等一下喔，有人要接著搭車。」

那位乘客將車資付給司機，轉過來面向我，圓圓的眼睛來回地掃視著，一臉無奈，其中還夾雜著明顯不悅的情緒。

「站著等車，等到生物都要滅絕了。」

我笑了笑，臉上的表情是既好笑又無奈。「怎麼來了？」

「來帶你回去的啊，如果我不來，不曉得你還要守著這輛車子等物種交替到什麼時候？」

「根本不需要這麼辛苦的，在家裡等我，我再一下子就會回去了。」

「毋須多言，浪費的時間已經夠多了。」

基因只說了這麼幾句話，就直接朝我的車子走去，帶著笑容打開駕駛座的門，但是他所說出來的話，卻令雙手環胸、坐在裡頭的女人臉色驟變。她跺著腳下了車，因為替她叫好的計程車已經停在旁邊等著了，隨後她就坐上計程車，然後重重地關上車門。

站在遠處盯著基因的我，實在是不得不對他另眼相看。

公寓離宴會的會場並不遠，大約十五到二十分鐘的時間我們就抵達家裡。當車子在固定的車位上停妥，還沒來得及熄火，基因就先打開車門走下去。

我跟了上去，基因回過頭來看了一下，卻不發一語——其實從他上車之後就沒開口說過話了。

見他頗為不高興的表情，我不由得考慮許多。今天是我的生日，但因為基因從早上就出門了，所以這一刻，是我一整天下來看到我最想要待在一起的人的第一個鐘頭；可是看基因不怎麼想說話，我也就不大願意開口，我們兩個人安安靜靜地一同走進電梯裡。

直到抵達了按下的電梯樓層，簡短的提示聲隨之響起，就在我準備要跨出去的那一刻，我的手掌感受到一股溫暖傳遞過來。

基因先是以四根手指頭拉住我的掌心，後來再把大拇指繞在我的拇指上。

這個動作太過突然，使得我愣了一下。只不過是一個小小的舉動，內心一部分的委屈就這麼輕易地被掃除了，我迅速地緊緊回握住基因沒怎麼使力的柔軟小手。

基因並沒有轉過來看我，反而是跨著步伐走在我前面，微微的拉力牽引著我跟上去。

基因打開大門，拉著我走到廚房裡面，把我壓在椅子上坐下來，面前的餐桌上蓋著一個很大的食物保溫罩。

「讓我來……」

「你吃過飯了嗎？」

這個問題讓我轉過頭面對基因。「在宴會上吃了些點心。」

基因抿著嘴。「你怎麼不先跟我說你出門是要去參加宴會啊？我以為你純粹只是有事情跟瓦特叔叔出去。」

「會跟爸出去的事情就是工作啊。」

「那為什麼不事先告知啊？」

「我以為只會去一下，然後打算趕在基因之前到家，所以才沒有特別講。不這麼做的話，基因一定會讓我陪著媽直到宴會結束。」看他有點賭氣的表情，我不禁笑著安慰他，然後直白地說道：「我比較想要回來跟基因待在一起嘛。」

基因睜大了雙眼，緊接著又垂下眼簾。「今天我不會這麼說的，我還會從甌恩阿姨手中把你搶過來。」

「……」

「那還要……吃飯嗎？」基因的雙手移到保溫罩上，將其打開來。

食物盤以及熟悉的味道不由得令我睜大雙眼。

「你的最愛對吧？之前我問過一哥了，一哥說你喜歡吃的食物有好幾樣，其中一樣是甌恩阿姨在你小的時候會做給你吃的，是家傳的祕方。」基因一說完，就彎下身子靠近了一些，把手放在食物盤上面感受一下溫度，隨後抱怨地嘟噥：「真的都冷掉了，你喜歡吃的食物如果不燙的話，味道不知道會不會不一樣？」

「基因……是自己做的嗎？」我對那個問題沒有興趣，反倒是聲音顫抖地反問。

基因抬起頭注視我，沉默了半晌之後才點了點頭。「嗯，我去跟甌恩阿姨學的，好幾個星期之前就去學了。」

我的眼睛再度轉向面前的食物，為什麼我會知道是基因做的？因為這種裝盤方式、外型以及味道等細節，除了出自媽媽的手藝之外，到哪裡都找不到了。

當我再次望向基因，他鼓起來的腮幫子染上一抹紅暈，眼神不由得變得溫柔。

我沒有預料到會看到這幅景象，所有的感覺被攪得亂成一團。

基因不會煮飯，卻還是……

我沉默地坐在原地，內心一部分覺得既高興又甜蜜，但是另一部分又感到急躁，想要把這個人拉過來壓倒在桌上。

「十。」

「……」

「到底要不要吃啊？」基因的表情又怒又羞，似乎是能看穿我眼中的慾望。「還是說你吃飽了？」

我淡淡地笑了笑。「當然要吃，就算飽到要吐出來我也會吃掉。」

基因露出古怪的表情，但下一秒就笑了出來。「聽你這麼一說，都要起雞皮疙瘩了。」

不等我回覆，也避免我會帶著想吃掉他的心情抬起他的下巴吻上去，基因搶先把食物放進微波爐裡面加熱。接著他主動地將盤子與刀叉擺放好，並且從置物櫃上取出兩只紅酒杯。

「我還從一哥那裡拿了一瓶紅酒，一哥一聽到我是要今天喝的，就從櫃子裡取出年代最久遠的一瓶給我，因此這一瓶酒是一哥送的。至於這個，是達姆送的，今天上午我出去買材料，然後借了他家的廚房，所以他才會託我拿回來。」

在等待食物加熱的同時，基因取出一個四方型的深藍色盒子。由於盒子上方的蓋子是透明的壓克力板，所以我能看得到裡頭是一條領帶。

我說了一聲謝謝接過來。

我正要說話，基因卻不給我機會開口，當他把東西交給我之後，立刻轉身東拿西拿的，把東西統統堆在桌上。我想幫忙卻被他揮手阻止，直至微波爐發出通知聲，他才走過去取出重新加熱過的食物。

食物越熱，味道就越明顯，我吸了一口氣，想起了小時候常常哭著拜託媽媽做給我吃；但是當我長大以後，成熟懂事地不再要求，沒過多久就出國留學了……

基因在我對面坐下來，我們就這樣子靜默地對視好一陣子，隨即我看到了他盛開的笑顏。雖然廚房裡那盞橘色燈泡微弱，但他的笑卻閃耀得如同站在陽光下。

「納十，生日快樂。」

「……」

「為什麼不說話？」

我整個人像是被箍制住一樣，只能注視著桌子另一邊的基因。好一陣子後，我才滿臉笑意地開口說道：「謝謝你。」

「不管怎樣你都吃吃看嘛，要是不好吃就……明年再修正，如果還是不好吃就再修正一年，接著是下下下一年，不曉得要幾年才會變得好吃，不過不准你抱怨，OK嗎？」

我望著那個把兩隻手臂靠在桌子上的人，他說話的時候不給我任何反駁的餘地，語調有一些強硬，聽起來像是任性的一番話，但是我又怎麼會不懂他想要傳達的目的是什麼呢？已經悸動過一遍又一遍的心臟，差點就要融化在對方的手中。

「好，每一年我都會等著吃，而且也不會有半句怨言。」

就從今年開始，直到用盡力氣的最後一年——我所指的不是那一盤喜歡吃的食物，而是指我們在一起的日子——一早醒來，看到的第一個人都會是他。

吃過晚飯後，基因替我斟了好幾杯紅酒，等我們離開餐桌時已接近傍晚十點了。基因請我先進浴室洗澡，當我洗過澡後他才接著進去洗。

我靠在床頭上，打開ＩＧ瀏覽著一張又一張的照片。看的過程中，我嘴角始終掛著微笑，我的資料夾裡面有不少基因的照片，特別是再次重逢的那一年起又增加了許多，得再新增四到五個資料夾存放。這些照片就像是發展史一樣，記錄著我們彼此的感覺以及親密程度。

我不知道自己到底盯了手機螢幕多久，基因的照片以及他鼓著腮幫子的模樣，總能夠讓我自得其樂，直到那個在我之後洗過澡的人用力地打開了大門。

「納十！」

吼叫的聲音震耳欲聾，同時傳來陣陣紅酒香味。

我訝異地轉頭看過去，緊接著整個人僵硬得跟石頭一樣。

「基因……」

「嗯，是我。」基因的聲音有點口齒不清，很明顯可以看得出來，他剛剛說要出去換衣服，原來是去喝了紅酒。他再次回來的時候，手裡抱了一個空酒瓶。

那副小身軀僅穿了件黑色的緊身四角內褲，兩隻細長的腿張得開開的，像是為了要支撐住他搖搖欲墜的身體。他粉嫩的臉頰紅通通的，那雙大眼睛此刻瞇得剩不到一半，淺咖啡色的眼珠子除了受到酒精作用蒙上一層水氣之外，還閃耀著如星星般的光芒。

在他雪白的脖子上面有……個可愛的蝴蝶結，是由一條淡粉紅色緞帶繫上去的。

我瞠目結舌地僵在原地，這是從來未有過的反應。當我再次回過神來，基因已經步伐蹣跚地靠上來，一腳踩上床，然後跨坐在我的大腿上。才剛洗過澡的我只穿了一件睡褲，基因靠在我的胸口上，身體也隨之與我互相廝磨了一會兒。當他越靠近我，越是能聞到沐浴乳的香氣混合著他溫熱的呼吸中傳來的紅酒芬芳。

他細長的手臂還抱著紅酒瓶，至於另一隻手臂則是攬在我的脖子上，含糊不清地呢喃：「怎麼？禮物來了……」

禮物？

我的目光自動移到基因脖子上的緞帶，起初光是看到他的穿著就讓我心頭火熱，後來因為他短短的一句話，再加上仔細地端詳了面前的「禮物」，我的下身瞬間硬挺。

「禮物……」我得控制好聲音，才不會因為太過沙啞而含糊不清。「這身裝扮是打哪來的？」

「我自己的。」

「是我家基因的傑作嗎？」

「對，臭石頭說讓我試試送我小說裡面的禮物，你會喜歡的。」

「……」

「喜歡嗎？」

「喜歡。」我不假思索地迅速回答：「非常喜歡。」

我放下手機，把手滑過去貼在他的臉頰上，還沒來得及把嘴脣貼上去與他交纏一番，手卻先被輕輕地揮開。

基因放開手中的紅酒瓶，雙手有氣無力地將我的手攫住交疊在一塊，就這樣壓著好一段時間，接著才拿起掛在酒瓶上的領帶綁住我的手腕，繞了好幾圈之後，我的臉跟著皺了起來。

沒有親成功，我實在是忍不住了，低下頭靠近他的小耳朵旁。「為什麼要綁我的手呢？我都不能動了。」

聽到我說不能動了，跨坐在我身上的人這才停下動作。

「被綁起來的感覺還喜歡嗎？就像你曾經對我做的事情一樣。」

「……」

我沒有回覆他，這真是個正確的選擇。這個喝醉酒的人以為我著急了，而且就像是真的落入他的掌控之中，因此心滿意足地笑了出來，笑過之後就把臉埋在我的肩膀上。他的嘴角擦過我的皮膚，這使得我的身體又更躁熱。

這個想要送禮物卻又害羞得必須藉助紅酒的人，我想知道……基因腦海深處真正想要給我的東西是什麼。

因此我心甘情願地忍耐著「被緊緊綁住」，乖乖地不動聲色。

基因把臉迎了上來，嘴巴幾乎要與我碰在一起了，但是基因這時卻把頭先往下移動，目標變成了我的頸脖。他把柔軟的嘴唇貼在某個位置上，那溫熱以及瘙癢的感覺使得我心臟重重地跳動幾下。在嘴唇之後，是溼熱的小舌尖，基因將其伸出來貼在我的喉結上。

他舌尖一路往下拖行，就在我鎖住眉頭的時候，他張口往我的鎖骨咬下去。

「基因……」

一聽到我呼吸沉重地發出聲音，身材比較嬌小的這個人滿意地笑出聲來。趁著醉意，他的膽子大了起來，一雙小手在我身上胡亂地摸了一把，然後一點一點地往下摩挲。

最後基因把屁股從我的大腿上移開，當這份緊貼著我的溫度退開來，我差點就想要把手上的領帶扯下來，然後把他抓回狠狠地廝磨一番。

即將執行這個下意識的動作之前，我再度愣在當場，因為面前的這個人變成了跪姿，抓著我的睡褲褲頭，緊接著往下一拉。

「基因先生!?」

基因毫不理會我的叫喊，彷彿是一開始就下定決心要做一些事情。拉下我的褲子，他灼熱的手隨即抓住我的肉棒。

這個猝不及防的觸碰使得我全身的神經都覺醒了，但是肌肉依舊是緊繃的。

我原本想要開口對他說些話，但是一看到他眼神迷離地靠向它，輕微的呼吸拂了上來，陰莖皮膚底下的每一根血管裡的血液快速流動，腫脹的疼痛感逼得我得用力咬緊牙根。

「基因……你想要做什麼呢？」

「我想……要幫你做。」

幫我做……這三個字在我的腦中不斷盤旋。

當我再次望向面前的人，不得不盡最大的意志力克制住自己。內心一方面想要阻止他，另一方面隨著血液的流動又想讓他繼續做下去，這個想法越是強烈，血液就流動得越快速。

對一個男人來說，如果心愛的人願意這麼做，特別是像我家基因這種容易害羞而且不擅長床事的人，光是看到他絲毫不嫌棄地握住我的肉棒，我就完全無法動彈，順從地乖乖躺著，隨對方高興地玩弄我的身體。

像是把一切都交給他了……

我眼睛眨也不眨地凝視著面前這個人的一舉一動。

基因盯著抓在手裡的東西，當他開始慢慢移動時，我的眉頭馬上皺了起來。

「是這樣嗎？唔。」

那隻小手上下移動，起先還有些慌亂，不過幸好基因沒有醉到無法思考，他也是男人，似乎是在嘗試著以自己會喜歡的方式來移動，而這個舉動越發的令我繃緊肌肉。

他的手滑動一會兒之後就停下來，我望向他的同時，基因的臉又更靠近了一些。在我還沒來得及想出這個禮物接下來打算做什麼事情之前，他那嫩紅色的小舌頭反倒先探了出來。

「基因……」

相信我，我緊緊咬住臼齒的疼痛感不亞於自己的肉棒。

舌尖輕觸的一瞬間，猶如有隻盤旋於半空中的小蝴蝶飛下來撞在那上面，那股感覺卻強烈到蔓延全身。基因拖著舌尖在肉棒頂端輕柔地繞著，一左一右地轉著圈，抓在上面的那隻手也跟著緩緩移動。

「基因……你是從哪裡學到這麼可愛的口交技巧的？」

每一次只要他喝了酒，就會變得如此撩人……

那個正開心玩弄我的人停下動作，他收回舌頭，含糊不清地開口說話，而那張抬起的小臉似乎是對於這番讚美感到很驕傲。「看電影學的啊，資料，我的資料多到不行。」

「……」

「喜歡吧？」

感受到基因的呼吸，我不由得顫慄了一下。

「嗯……最喜歡了。」

基因很滿意地笑出聲來，舌頭又再次探出，由肉棒的頂端順勢往下舔弄。這個舉動使得我積累的情慾像是市中心的高樓一樣，我的愛人是第一次幫我做，而我竟然像是第一次性愛一般，忍耐得很辛苦。

我透過模糊的視線注視著眼前的人，看著他張開小小的嘴巴把肉棒含進去，包覆在周圍的溼熱感以及柔滑感讓我差點就要釋放出來，不過很可惜的是，基因這時竟然退開來。

他皺著一張臉。「大……」

「基因，夠了。」粗啞的聲音從我的喉嚨通過。

「……」

「快點坐上來，不用再做了。」

「不要。」

「算我拜託你了，快點。」

……在我感受到自己的下流之前。

「意見真的很多耶，我難得幫你做……」

「好、好，改天再繼續玩好嗎？先幫我把手解開。」

基因迅速地搖了搖頭。

「基因……」

「我要自己做。」

「……」

今天……我不知道自己到底失態了幾次。

我只能眼睜睜地看著基因起身，搖搖晃晃地伸手去打開抽屜，然後從裡面拿出潤滑液。他細瘦的腿跪坐在我的大腿上方，因為酒精的緣故而使不上力，整個身體往下靠了過來。我想要扯掉手上的領帶去抱住他也沒辦法，看基因那個樣子，假如我現在自行掙脫，他肯定會不高興地對我大呼小叫。

我的痛苦指數越衝越高，極度渴望將基因壓到身下，然後隨心所欲地蹂躪他，但還是乖乖地只把臉迎向他，吸吮著基因柔軟的嘴。

我的肉棒再次被那隻小手抓在手裡，接著他將身體逐漸地向下貼緊。

我的基因……真的做了。

「為什麼會這麼大膽呢？」

「嗯……」

我一次又一次地咬著牙。「敢這麼做，不會害臊嗎？」

「不會，我知道你喜歡。」

「……」

這一回，我真的被這個人攻陷到完全無力反擊。

當我們完全貼合在一起後，跨騎我在身上的基因因為不適感，一張臉稍微皺了起來。因為他主動坐在上面而產生的重力，本來就會讓肉棒插入得比以往更深一點。

基因把兩隻細長的手臂牢牢地環繞在我的脖子上，當他緩緩地移動時，嘴裡發出輕輕的嬌嗔。

一開始，他就像是第一次做的人一樣節奏凌亂，可是不一會兒就好像找到訣竅一般，順著自己的需求上下移動著屁股。

「用力一點啊……弄到基因喜歡的地方。」

「知道……啊，知道了，你乖乖地不要動……可以嗎？」

他短短的指甲刺在我肩膀上，有一瞬間實在是忍不住了，情不自禁地向上突刺幾下，因為很想要看到他眉頭深鎖的臉龐再更紅潤一些。

他白皙的皮膚就在我眼前晃動，脖子上還繫著緞帶，每一次撞擊的時候，蝴蝶結兩端也會跟著跳動。盯著的同時，深深地覺得我真的是得到了一份大禮。

「基因……」

就在我即將要激射在溫熱的內部之前，我掙脫了領帶，伸手去狠狠地抱住基因的身子。

用力得幾乎要將他整個人埋進我身體裡面……

陣陣的喘息與呼吸聲交錯在耳邊響起，不等基因因為疲憊而產生睡意，我鬆開手臂，兩隻手掌與這個人的手交纏在一起，一個翻身讓他躺在床上，緊接著壓了上去。由於我們的下半身還緊密地結合在一起，只要稍微再摩擦個幾次，就可以準備好再進行下一回合。

「這一次……就讓我要了你吧。」

基因張口欲言，但是我選擇先將那張小嘴堵上……

特別篇八

錢幣的另一面・邇頤

「邇頤弟弟，之前的平面拍攝費用已經轉進你的帳戶了喔。」

當我從認識的大姊口中聽到這件事後，我就戴著口罩，穿上夾腳拖鞋，抓起錢包從破舊的宿舍裡走出去，前往不遠處的7－11，隨後將金融卡插入提款機確認金額是否正確。

上頭顯示著幾萬塊的數字。

「不夠……」

我的眉頭緊蹙，幾乎要控制不住壓力以及焦慮地抽出了金融卡。

我操！下一期即將要繳交的學費到底該怎麼辦才好啊？

所有的學費、住宿費、水電費，還有伙食以及其他花費，我先前計算過需要多少的花費已經不夠了，假如月底碰上這個情形，焦慮的情緒就會湧上來困擾著我。我必須拿著繳費單去找宿舍管理員付清住宿費，我知道一定得繳錢，但當錢從手中飛走的那一刻，真他媽的痛苦，特別是又碰上了月底，就更加的……

我轉身從提款機前退開來，既然都已經到樓下了，那就順道買些食物回去吧。

上樓回到房間內，我就走過去坐在地板上，把所有買回來的物品統統放上一張日式小桌子。

宿舍就在巷子裡面，我住在三樓，房間不大，但是也不會太擠，適合一個人居住，每個月的房租費用大概是三、四千塊起跳。當初離開家裡到外頭找房子的時候，我花了好多時間做決定，不知道要選擇這裡，或者是選擇另一條巷子裡面更破爛的宿舍，那邊只需要兩千多塊的租金而已。不過衡量一下整體的居住環境，以及那些噁心的蟲子，我還寧可多花一些錢呢。

已經一年多了。

一個人搬出來生活的日子，應該過了差不多一年又四個月了吧。第一秒的時候，真不曉得自己到底能不能活得下去，可是我竟然可以熬過那麼久，有時不禁覺得自己真的很值得讚許一番。

可是……所有的一切得自己肩負下來，比想像中要來得沉重許多。我的水電費其實不多，可一旦加上學費，負擔就增加好幾倍。雖然演藝圈的工作每次都能拿到一大筆錢，但並不是每個月的薪水都會那麼多，要是哪一陣子沒有工作的邀約，就等同於沒有收入。

拍攝基因哥的電視劇已經可以算是最舒服的一段日子了，有許多工作隨之而來。我另外開了一個戶頭把錢存進去，為了自己日後所需，那是一筆不小的數目。

不過人氣並非是一成不變，當電視劇結束，我就沒有再接任何與納十合作的工作，雖然接了或許能夠賺到不少錢，但我這麼做不是為了納十，而是為了基因哥。先前我因為沒有意義的個人情緒捉弄過基因哥一次，所以當我看到他有困難，對那件事情壓力很大的時候，能幫上忙的地方就盡量伸出援手。

我和模特兒公司沒有簽訂任何合約，也不隸屬於任何一間娛樂公司，因為其實我一點也不喜歡表演的工作，只是想要從中賺取一大筆錢而已。通常都是我自己去聯繫詢問工作，但是當我沒有趁著趨勢繼續和納十扮演螢幕情侶之後，工作就少了很多。

難道真的得動用到那筆儲蓄了嗎……不，那筆錢無論如何都不可以動它。

嗡、嗡、嗡！

放在一旁的手機突然響起，嚇了我一跳，我咒罵了幾聲，怎麼就剛好在我認真思考的時候打擾呢？當我看到手機上面顯示的名字之後，瞬間變了臉色。

是「小恩姊」。

我放任手機又震動了好一陣子，但最後還是決定接聽。

「嗯。」

「邇頤，是姊姊，明天會回家嗎？」

「怎麼？小恩姊想我了是嗎？」

「當然想啊，爸爸、媽媽也都想念你呀，如果你會回來，我就會幫媽媽做一桌子的飯菜，準備你喜歡吃的菜。」

聽到這裡，我忍不住笑了出來……爸爸、媽媽想念我？說是母雞生出恐龍還比較有可信度一些。

「妳是問過爸媽的意見之後才說的嗎？」

「說這什麼話，爸爸、媽媽本來就會想要見到你啊。」

我搖搖頭，臉上的笑容一點一滴地消失不見。我把身體靠在床邊，抬起頭望著天花板，不帶情緒地開口說：「姊妳別再這麼說了，聽起來非常的假啊。」

「……」

「那我就回去一趟吧，至於我喜歡的飯菜不用勉強去做也行，先這樣。」

我簡潔說道，不等對方回覆就掛上電話，接著把手機往後丟到了床上。我的臉依舊和天花板平行，注視著長長的燈管，一直到眼睛都發疼了，但也不知道該改往哪邊看才好。

接到家裡電話後，陳年舊事就像是洪水一般淹進腦子裡。

「我辛辛苦苦地養你，一直以來都讓你讀很好的私立學校，你現在居然跟我說沒有填媽媽幫你選擇的醫學院？竟然還跑去註冊家政科，學什麼爛甜點是嗎！」

「可是學做甜點這件事情我有先做過功課，是泰武哥建議我的，在學習的過程中……」

「你不要講那些沒用的東西。」

「爸……我不想要當醫生……」

「我跟你媽叫你去讀你就得去讀！看看你姊姊，把她當作榜樣！」

「我和小恩姊不一樣！我想要做甜點，我想做自己喜歡的事，為什麼我不能自己做選擇？」

「你喜歡的東西一點營養都沒有，畢業後只能窩在廚房裡面做點心，你是想要讓我顏面盡失還是怎樣？」

「我做甜點會讓爸媽這麼丟臉嗎？」

「你這才知道嗎？如果只是這點事你都要反抗，不乖乖照做，那我跟你媽養你還有什麼益處？你這個臭小子。」

說得也是。

我不確定小時候在家裡是怎麼生活的，是不是一直以來都這麼壓抑？若是我做了些什麼讓他們感到滿意的事情作為交換，我覺得他們應該會順著我的意。

任何事情我都照著爸媽的意思去做，從來沒有提出過自己的想法，每個晚上都去補習，星期六、日也沒能出去玩。直到高中，我在因緣際會之下遇見了一位在學校對面的甜點店工作的哥哥，我都叫他泰武哥。他是個很溫柔、善良的人，而且甜點還做得非常棒，每次補習班提前下課的那段時間，我就會賴在那個地方。

我坐著看泰武哥做甜點，像是打麵團、烘焙、裝飾蛋糕，接下來我就會緊盯著那份吸睛的甜點，遲遲無法移開視線。我覺得很難以言喻，自己似乎是喜歡上砂糖以及麵粉的那種香氣。

泰武哥說可以教我，當我試過一次，就想要繼續做下去，甚至還為此蹺掉了補習……

我覺得自己感受到了那份快樂，而且比起坐在那堆課本前面學習，露出的笑顏變得更多了。我每個晚上都跟泰武哥膩在一起，然後我也不曉得……自己是怎麼喜歡上泰武哥的。

雖然泰武哥不帥，但只要被我捉弄，他就會露出呆呆的表情，下一秒，臉頰就紅了，像是隻可愛的小動物，使得我越發的想要繼續捉弄他。

對，我是同性戀。

起初我也不是很確定，但是我對於身邊的女孩們都不感興趣。這麼說起來，我碰到的女人有兩種類型，一類是不喜歡且厭惡我的臉，另一類是特別喜歡臉長得很可愛的男性。

當我發現自己是同性戀的時候，坦白說很害怕，這種事情並非我一直以來理解的「自然法則」。和爸媽住在一起的時候，可以知道他們對這檔事情並不支持。

我一直待在那個框架裡頭，直到最後……那個框架逐漸變得越來越窄，不曉得從什麼時候開始壓迫到我，雖然沒有尖銳的刺，但也狹隘到讓我幾乎沒有立足的地方。

倘若沒有做甜點，沒有聞到每次都會令我振奮的牛奶、奶油以及麵粉香氣，那麼現在我應該還不敢從被局限住的框架裡面走出來。

高三是這個學習階段的最後一年，我決定要向泰武哥告白。

當我知道我喜歡的人的反應之後，高興到無法自拔，因為對方回應了我的情感。

我開始和泰武哥交往，任何事情都諮詢他。我向他詢問了父母要求我要考取國內知名大學醫學院這件事情的想法，並告訴他，我比較想要學做甜點。泰武哥聽聞後，介紹了有關這個技術的教育機構，請我試著去找資訊以及申請。在那之後，我才鼓起勇氣直接向父母提起這件事。

我從愛人安慰的話語當中得到了正能量，可是我所獲得的回應竟然是父母的怒氣。那個晚上我沒有回家，跑到甜點店門口按了門鈴，接著緊緊地抱住從樓上跑下來開門的泰武哥。

為什麼啊？為什麼？我反覆說著這短短的一個問句。

由於父母的不理解，我像是陷入黑暗之中，覺得只有泰武哥一個人能夠理解我真正的感受。但若是能夠將時光倒轉，那個晚上我不會去找他，因為就在下一秒，有一臺很眼熟的車子轉進來停在店前，那是爸爸的車子。他把我從那份依存的溫暖當中扯開，緊接而來的是一陣麻辣痛感在臉頰上蔓延開來。

我感覺到疼痛，立即舉起手來捂住那側的臉頰。

很奇怪的是，事情早就過去很久了，而且臉頰上也沒有任何撕裂傷，可是每次只要一想起來就會隱隱作痛。

「操他爹的煩死了。」

那個時候，爸會知道我跑到這個地方，是因為小恩姊通風報信。我的姊姊早就知道我蹺掉了補習，而且每天都窩在學校對面的甜點店裡。

爸指著泰武哥的臉大罵，說是因為他才會害我變成這個樣子，從錢包裡取出一張支票，在上面寫了筆金額之後往地上一扔，然後就將我拖上轎車。

現在回想起來……這事還真像是電視劇裡面的情節。

爸媽得知我是同性戀後極力反對，任何可以強迫我的事情他們都做得出來。從那一刻起，我才察覺到自己長期被困在一個牆壁很厚實的小框框裡面。當這一切都分崩離析，我才真正的理解，一直以來我都像是機器人一樣遵從父母所有的指令。

直到有一天，我從家裡偷跑出去，下了計程車，氣喘吁吁地跑向甜點店，結果竟然看到一塊很顯著的告示牌掛在上頭。

「那個死同性戀搬走了，那傢伙從我這裡拿了不少錢。那傢伙一拿到錢就拍拍屁股把店頂讓給別人了。你看到了沒？那些同性戀、人妖根本就沒有真愛。」

「但是我愛著泰武哥！」

「但是那傢伙並不愛你！你不是也看到了？如果你再這麼不正常下去，你就會知道根本不會有人愛你！」

我不正常……根本不會有人愛我……

這些話讓我痛到不行，真的很痛，因為我愛著爸媽；但當我從自己所愛的人口中聽到了這些話，不用拿刀子來刺傷我，或是拿槍來掃射我，我就已經痛得撕心裂肺了。

到最後，父母都不愛我了是嗎？假如我無法依照他們的意思去做，那我就沒有益處了是嗎？

在那之後，這些話就一直在腦海裡盤旋著。我周遭的道路變成一片漆黑，但就算它們再怎麼黑暗，我也下定決心，絕對不再回到過去那個非常不祥的小框框裡面。即便無法進入自己喜歡的甜點相關科系的大學，但是我選填了一個和商業相關的科系就讀。

當然，我依然隨著自己的性傾向喜歡男人，想去哪裡玩就去哪裡，要讓爸媽知道，我已經不會再繼續順著他們的意思去做會令我痛苦的事了。

我一個人搬出來住，就像是和家裡斷絕往來一樣，學費、伙食費、住宿費，家裡沒有再支援過我任何一分錢。

剛搬出來的初期，只要看到哪邊有在應徵工作，我幾乎都會去遞履歷表，但是從來沒有通過任何一家公司的試用期，因為我沒有任何工作經驗。洗碗盤、清潔環境、服務客戶，就算我已經很努力了，可還是做得亂七八糟，出的狀況多到讓老闆搖頭。

我試圖解釋自己只是需要一點時間來適應，雖然主管們也很同情我的狀況，但還是無法讓我留下。

直到我找出一個適合自己的工作，那就是演藝圈。

我把目光從燈管上移開，覺得視線都要模糊了。

只要一回想起以前的事情，心情就會盪到谷底，始終緊皺的眉頭，使得額頭上的肌肉都有些痠痛。我沒有禁止自己去回想，因為我的想法是，想起來也好，才能時時刻刻提醒著我。

我撐著身體從地上站起來，正準備拿著浴巾走到浴室裡，被丟在床上的手機又再一次震動。

嗡！嗡！嗡！

我的神情不怎麼愉悅，可是當我把手機翻過來，發現打電話過來的人不是姊姊的瞬間，不由得笑了出來。

「嗨，剞哥。」

「嗯……在做什麼呢？」

我聽見細小的聲音從電話裡面傳來，想到對方似乎是在害羞，我就忍不住眉開眼笑。

「我如果回說在想念剞哥，有人會害羞嗎？」

「神經病，想念什麼啦，哥猜邇頤應該比較有可能跟其他男孩子在一起……」

接聽電話之後，我就換了個姿勢靠在浴室門邊。「剞哥別把我想得那麼糟糕好嗎？我如果跟某個人聊上了，那我就只會跟他一個人聊，現在我就只有剞哥一個人。」

「真的嗎……」

「過來找我啊，等一下就會知道了。」

電話的另一頭安靜下來，光是這樣我就能猜出對方現在一定是害羞得漲紅了臉。

一想到那張白白的臉上浮出兩朵紅雲，我就忍不住想要放聲大笑，實在是很想要立刻將他的表情盡收眼底。

「對了，邇頤，有關拍攝平面模特兒的工作，哥已經幫你聯繫了。」

「謝啦，真可愛，真想要抱剞哥啊。」

「又再發神經了。那個……最近有什麼困難嗎？」

「……」

「錢夠用嗎？可以跟哥說喔。」

我臉上的笑意逐漸退去，低下頭望著自己赤裸的腳。「沒事，和平常一樣。」

「那個，邇頤，哥心甘情願給你，有需要幫忙就直說，聲音聽起來很沮喪呢。」

「我不想要麻煩剞哥，不用想太多啦。」

「你完全沒有麻煩哥，你陪在哥身邊好幾次了，等一下哥匯錢給你。看哥什麼時候有空，再打電話過來約你一起去吃飯吧。」

「……謝謝，如果沒有剞哥，我還真不知道要依靠誰了。」

我們又聊了一陣子，大部分都是由我開口調戲對方，讓他不曉得該怎麼回答才好。最後剞哥說要繼續完成工作，我這才依依不捨地掛上電話。我站在原地注視著手機螢幕一會兒，沒多久，LINE 就發出通知訊息，那是來自剞哥的匯款單畫面，看到上面的金額，我不禁揚起嘴角。

剞哥正好在我真正需要用錢的時候聯繫我，太愛剞哥了。

剞哥是一個零號同性戀，今年快要三十歲了。他在演藝圈的公司工作，不過並不是擔任位高權重的職務，我接的好幾個工作都是剞哥幫忙向客戶或者是製作人引薦；除此之外，剞哥偶爾也會匯一些錢給我。

我們之間有些情愫在，但是除了聊天之外沒有更多的互動⋯⋯

剞哥很善良，但是他並不愛我。剞哥是個很容易感到寂寞的人，他被男朋友拋棄了，就因為他那溫順的個性，反而使得愛情無法維持下去。但是我卻很喜歡剞哥，就因為他的溫順，每次只要一被我調戲，他就會做出很可愛的反應來。

拋棄剞哥的那個人實在是太笨了，假如剞哥願意跟我交往，我肯定是會答應的。

對於一定得和自己所愛的人交往這件事情，我並沒有那麼執著，也從來不曾強求過。

⋯⋯而且不管怎樣，反正也沒有人會愛我。

星期天早上。

我有點鬱悶地醒了過來，走到樓下去買早餐，在巷子口旁的小攤子向女老闆點了熱狗加荷包蛋以及熱飲。享用過早餐後，我就到外頭散步、看電影，做一些放鬆的娛樂，一直到晚餐時間，才搭上有開冷氣的公車，人擠人地抵達了老家。

以前我從來沒有搭過公車，直到搬出來一個人住後，才比較有機會練習使用大眾運輸工具。

公車在固定的位置停下來，從公車站牌走到老家還有一大段距離，通過警衛室，我就抄小路走，經過了花園、游泳池，最後看到了那棟熟悉的大房子的圍籬。

我沒有鑰匙，按了一下門鈴後站在原地等待，沒多久就看到一位年輕的柬埔寨女孩跑過來開門，她應該是媽媽請來幫傭的女孩子吧。

「邇……邇頤先生。」

見到她，我立刻收斂起不耐煩的神情，朝她露出一個可愛的笑容。「妳好，剛到這裡工作嗎？」

「對……對！我在雜誌上看過邇頤先生，本人超可愛的。」她看起來很興奮，雖然她說話的時候帶著一些口音。

「謝謝啦，好高興喔，那現在晚餐準備好了嗎？」

「準備好了。」

我點了點頭，立刻往裡面走進去。

我家依舊一成不變，有花園、車庫，還有好大一片腹地，和高階警長與他賢淑的妻子形象很符合。喔……至於他們的女兒，還是個女醫師呢。

一想到這裡，我不禁露出一個不屑的嘴臉，但是當我經過陽臺走到樓上，我又再次偽裝出不同的表情。

「食物的香味都傳到巷子口了呀。」

圍繞著餐桌坐定的幾個人愣了一下。

爸媽坐在另一邊，在這之前他們是高興得有說有笑，可是一聽到我的聲音，馬上有了天差地別的變化。餐桌上不是只有爸媽，另一邊還有小恩姊，以及她的好朋友賽莫。

爸爸立刻板起臉。「你回來做什麼？」

「喔，小恩姊難道沒有跟爸說我會順道過來吃個飯嗎？」

「……」

我揚起眉毛，裝作一副疑惑的樣子，其實心裡清楚得很。「盤子還有餐具都沒有替我準備啊？ＯＫ，沒關係。」我轉向安安靜靜站在一旁的小幫傭。「可以幫我拿一下盤子嗎？順便盛點飯給我，我要三匙滿滿的白飯。」

晚餐的氣氛瞬間變得很壓抑，當然嘍，這一切都是因我而起。

看到這個情況，我在心裡笑了，但是請別問我是哪一種笑容，我表現出來的模樣依舊是樂不可支。接過滿滿的一盤白飯，我拿起湯匙與叉子。

「大家不繼續吃嗎？那我要吃了喔。」

鏘！

爸爸用力地把湯匙放在盤子上面，發出了聲響。「錢用完了是嗎？所以才會跑回來跟家裡蹭飯吃？」

我不慌不忙地細嚼慢嚥，吞下一口飯後才揮了揮手。「這是說到哪裡去了呀？工作，我有；錢，我也有。爸不是也知道嗎？我有人包養，生活無虞，不用擔心我了。」

「我沒有在擔心你。」

我聳了聳肩膀。

我早就知道了……

之前我曾經回家一趟，或許是因為想知道，是姊姊的眼線「賽莫」或者是哪個人把我從男人那邊拿到錢的事情說出來。那天我因此被嘲諷一番，內容大概是被那些老男同性戀包養，不知羞恥。

如果提到這個情況，對別人來說或許真的是不知羞恥吧。

但是對我以及那陣子的炮友來說，我們只是交換彼此的需求，我陪伴著對方，讓他在床上感受到快樂。至於錢的方面，假如對方願意給，我也不會拒絕。

自從搬出老家，我認識的人當中，不只有剞哥一個人像這樣子跟我維持互利關係……爸媽可能把我看得很骯髒，甚至超出他們能夠承受的範圍。

「太過自信了吧？你別指望做那種工作就能夠讓你去法國。」

我伸出去盛飯的手，頓時停了下來。

「你現在就連做甜點的廚房也沒有。」

聽著爸說來說去，我不禁握緊湯匙，手指的關節都泛白了。即便是這樣，我嘴上依舊掛著笑意。「我說過了，不用爸替我操心，不用這麼認真，說得像是電視劇裡面演的一樣，還是吃飯吧。」

那件事情……就算我得一輩子埋頭苦幹地存錢，我也會繼續堅持下去。做甜點變成了我唯一的夢想，我選擇了它，就絕對不會拋棄它的。

叭！

喇叭的聲音響起，拖著步伐走在水泥地上的我轉過頭去張望。

有一臺白色轎車開過來停在人行道邊，不需要等車主把車窗降下來，我就能知道對方是何方神聖。

「上車，我送你一趟。」

我嘆了口氣，無奈的神情表露無遺。「在這之前你不是還在跟小恩姊聊天嗎？」

「我請小恩讓我先出來送你，不是坐公車來的嗎？趕緊上車。」

「不需要你的慈悲憐憫，這樣只會徒增我的疲憊而已。」

賽莫不願回覆，那傢伙似乎是知道我在諷刺哪件事。

小恩姊以為賽莫喜歡我，這根本就是無稽之談，即便賽莫那傢伙沒有表現出性傾向或是同性戀的任何跡象，但是他的舉動以及表現，每次都會造成小恩姊的誤會；也因為這個誤會，使得她做出一些瘋瘋癲癲的事情來，一方面對我有期望，另一方面又對我不滿……像今天她邀請賽莫過來吃飯，竟然又叫我回去，就是為了讓爸罵著玩的嗎？

可惡，當著賽莫的面被爸爸破口大罵，真的是顏面盡失呀。

這個誤會真令人頭疼。賽莫並沒有喜歡我，那傢伙比較像是在憐憫我、可憐我，他就是這點最討人厭。

那傢伙老愛裝出很懂我的樣子，很喜歡限制我、對我說教，表現得像是我的哥哥一樣。

「上車吧，你是很想要走路嗎？等你走到公車站，車子都跑光了。」

我瞪著賽莫，但最後也沒有拒絕他。

天空早就變成一片深沉的黑，我把視線往玻璃車窗外看出去，街邊的路燈光芒斷斷續續地灑了進來。

「你的工作狀況怎麼樣？」

「……我的狀況怎麼樣是什麼意思？」

「有接到什麼工作嗎？」

「陸陸續續有接一些。」

「錢肯定不夠用，看你的臉色我就知道了。」

「……」

真是夠了。

「可以先跟我借。」

「沒必要，劄哥給我錢了。」

「劄哥？」賽莫眉毛微挑，接著就搖了搖頭。「你又換男人了嗎？」

「……」

「別再這麼做了。」

「這是我的事。」

我聽到嘆氣聲從隔壁傳來。

「就算是千篇一律的話，但是我還是想要讓你反省下自己，別擺出一副像是缺乏關愛的孩子，然後和珀叔好好地談談吧。」

「……」

我不發一語，眼中映入了商業大樓那令人熟悉的鐵門與粉紅色百葉窗，它就在宿舍大樓的巷子口，再開過去一點點就能抵達目的地。

「邇頤，我理解你，你或許認為沒有人會愛你，所以才會不斷找人陪，嘴上說是利益互換，但是你的內心卻不是這麼一回事。」

「你不用在那邊裝得好像很理解我，老是喜歡說懂我、懂我，夠了吧！我都快要吐了。」

「那我說得沒錯吧？」

「不對！媽的，每次看到我不說教是會死嗎？」

「……」

「不要再來插手我的事情了，我要做什麼、跟誰睡、被誰包養，這都是我的事！」我發出極度不滿的聲音，差點就要失控。我打開車門下去，接著用力地甩上車門。

我頭也不回地走進宿舍大樓，賽莫也沒有降下車窗繼續對我說話，或者是跟著走出來。

不曉得是否是因為見到了父母或者是因為剛剛那樁令人不快的事情，我的情緒不怎麼穩定，我拿著剞哥給的錢繳完了學費；至於宿舍這個月的水電費，我正趕著把工作完成，好去支付它們……幸好剞哥介紹的工作也回應我，及時地幫上了忙。

我不想要動用另一個戶頭裡面的存款，因為那裡面的錢，統統都是我特地攢下來要去法國的錢。等到畢業，我立刻就會朝自己設定的目標邁進，因此在那一天到來之前，戶頭裡面的存款就必須要足夠。

……還得再多存一些才行。

工作量必須要再多一些，要再存多一點。

「邇頤弟弟！」

「……！」

臉上蓄著鬍子的攝影師大叔大喊的聲音，讓一時分神的我嚇了一大跳。

「嗯……是。」

「認真一點啊你，你已經是第二次分心了。」

「抱……抱歉，我……我昨天晚上睡眠不足。」

「都知道要來工作了，為什麼還弄得睡眠不足？」攝影師逐漸皺起眉頭，不滿的情緒全寫在臉上。

我稍微低下頭，緩緩地眨了眨眼，接著才簡短地回應：「我……我有點太興奮了，對不起喔。」

這招每次都見效。

攝影師勃然大怒的情緒瞬間消失得無影無蹤，原本不高興的神色也變成了參雜著一點點關愛的嘆息。他揮了揮手指示我再試一次，我朝他露出可愛又燦爛的笑靨，緊接著我就看到他面紅耳赤的模樣。

一個鐘頭過去，平面拍攝工作終於完美結束了，我從布景當中走了出來。

「邇頤、邇頤、邇頤，邇頤啊。」

我伸手接過變性人大姊遞過來的冰涼開水時，對方順勢靠過來，用手肘不停地頂我。

我對這個舉動有一點點不耐煩，但是表面上還是堆起甜美的笑顏，然後歪著頭反問——

「有什麼事嗎？」

「那邊啊。」

「……」

「羅瑪先生又來了，邇頤弟弟拍攝的這三天他都有來，每次羅瑪先生都會特地下來看耶。」

「……」

我順著變性人大姊的臉以及視線望過去，然後我就看見了……

在攝影工作坊的大門口，有道高頭大馬的身影靜靜地矗立在那裡。

那個男人穿著很昂貴的西裝，戴了只高檔手錶，就連那張俊俏的臉看起來也很高貴。不論他站在哪個角落，都相當顯眼，圍繞在他身上的各種氛圍令人移不開眼。就在我注視著他的同時，發現對方的視線也放在我身上，四目相交的那一刻，對方絲毫沒有閃避，無形之中挑起了我的某種情緒。

……幹什麼啊他？

我最討厭這種強硬且具有領袖氣質的男人了，當對方凝視過來的時候，彷彿覺得能控制住我，這令我頗想賞他幾拳，讓他趴著滿地找牙。

「羅瑪先生肯定是很喜歡邇頤，呼呼。」變性人大姊嘴角揚起笑意，眼裡散發出怪裡怪氣的光芒。

我稍微能夠讀得出對方的意思，卻還是眨著澄澈的眼睛裝作不知情。

「羅瑪先生是誰啊？」

「我的天啊！怎麼會不認識他？」她抬起手拍了下我的肩膀。「就是羅瑪先生啊，這間M娛樂公司的老闆啦。」

「老闆？」

「對，帥氣、有錢、頂著外國學歷，非常非常的完美！」

有錢……

我旁邊的變性人大姊還在作白日夢，再度向我靠近了點，附在我耳邊竊竊私語。

「據說羅瑪先生男女通吃，雖然不曉得他會不會跟下屬有一腿，但要是有人上了他的床，給他包養，錢財保證會享之不盡，用之不絕啊。啊呀，說到這裡，姊也好希望被羅瑪先生看上喔。」

「是那樣子嗎？」

我敷衍了一下她，視線則是緊盯著那位「羅瑪先生」。

當然了，對方同樣也是文風不動地盯著我。

看起來是挺帥氣的，但不是我喜歡的類型。我喜歡的男人必須得像小動物一樣可愛，很容易害羞卻又有點嘴硬，只要被開口戲弄或是調戲的時候，就會睜大雙眼。

就像是基因哥……這種類型的。

當我陷入思緒時，另一位工作人員的呼喊聲響了起來，對方請我把身上穿的衣服換下來歸還。直到那一刻我才移開視線，轉過頭去回應工作人員。轉身走進房間換衣服之前，我又忍不住回過頭看了一眼。

最後我還是選擇了演好自己的角色，禮貌性地露出一個可愛的笑容，然後不到一秒鐘就將臉轉向別處。

實際上是怎麼一回事沒有人知道，但無論如何，都必須先知道一件事，那就是……我可是一號啊！

小情侶的採訪2

達姆：那在這之前有交往過，或是有過其他交往對象嗎？

十：這個問題真的要讓我在基因面前回答嗎？

達姆：十，說說自己覺得害羞或是覺得害臊的情況好嗎？

十：有一次在沙發上面閉目養神的時候，基因偷跑來親我的嘴。

基因：那個時候你醒著嗎！

達姆：接下來……有一些比較色情的問題，最喜歡哪一種姿勢？

基因：……

十：回答一下也好，今晚我才能滿足你。

達姆：對方有什麼事情是交往之後才發現，然後令你感到訝異的？

基因：十是一個很健忘的人，喔不對，應該說是偶爾。只會對自己來說很重要的事情感興趣，以至於忘掉不重要的事情，因此納十手機裡面的行事曆註記得滿滿的。

達姆：對你來說最重要的事情來了，我是知道的，十說看看。

十：晚上睡覺的時候如果覺得躁熱，就會起來自己脫衣服。

基因：真的嗎！

達姆：大家都知道你們是情侶了，最喜歡對方的哪個部分？

基因：應該是手指吧？特別是當他修長的手指放在鋼琴上面，或者是在牽手的時候……

十：一開始怎麼不說？我才能常常用手指。

達姆：臭十，現在先別急著這麼下流，先回答問題再說。

十：如果是基因，我全部都喜歡，最喜歡的地方是臉頰。

達姆：想要制止另一半的哪種行為？

十：作息不正常，早上睡覺，晚上醒來……基因，這對身體不健康啊。

達姆：基因呢？想要制止十做哪種行為？

基因：就……最近他常常去瓦特叔叔的公司，而且還要上學以及工作，能多休息一點比較好。

十：到底是誰的男朋友啊……真可愛。

基因：……

達姆：請比喻一下，對於對方的愛好比什麼？請認真的回答。

十：無法比擬，天空、宇宙……比這些都還要特別，我對基因的愛是沒有東西可以比擬的。

基因：︹微笑︺那我對你的愛，差不多就像你對我的愛一樣啊。

數到十就親親你 4

作　　者／Wankling (วาฬกลิ้ง)
繪　　者／KAMUI 710
譯　　者／胡矇
榮譽發行人／黃鎮隆
總　經　理／陳君平
協　　　理／洪琇菁
總　編　輯／呂尚燁
執 行 編 輯／陳昭燕
美 術 監 製／沙雲佩
美 術 編 輯／方品舒
國 際 版 權／黃令歡、梁名儀
企 劃 宣 傳／楊玉如、洪國瑋
文 字 校 對／朱瑩倫
內 文 排 版／謝青秀

國家圖書館出版品預行編目資料

數到十就親親你（四）/ Wankling (วาฬกลิ้ง) 作；
胡矇譯 . -- 1 版 . -- 臺北市：城邦文化事業股
份有限公司尖端出版：英屬蓋曼群島商家庭
傳媒股份有限公司城邦分公司尖端出版發行，
2021.11-
冊；　公分
譯自：นับสิบจะจูบ
ISBN 978-626-316-100-9（第 4 冊：平裝）

868.257　　110013868

出版／城邦文化事業股份有限公司　尖端出版
台北市 104 中山區民生東路二段 141 號 10 樓
電話：（02）2500-7600　傳真：（02）2500-2683
讀者服務信箱：7novels@mail2.spp.com.tw
發行／英屬蓋曼群島商家庭傳媒股份有限公司城邦分公司　尖端出版
台北市 104 中山區民生東路二段 141 號 10 樓
電話：（02）2500-7600　傳真：（02）2500-1979
劃撥專線：（03）312-4212
戶名：英屬蓋曼群島商家庭傳媒（股）公司城邦分公司
劃撥帳號：50003021
※ 劃撥金額未滿 500 元，請加付掛號郵資 50 元
法律顧問／王子文律師　元禾法律事務所　台北市羅斯福路三段 37 號 15 樓

台灣地區總經銷／中彰投以北（含宜花東）　楨彥有限公司
電話：（02）8919-3369　　傳真：（02）8914-5524
雲嘉以南　威信圖書有限公司
（嘉義公司）電話：0800-028-028　　傳真：（05）233-3863
（高雄公司）電話：0800-028-028　　傳真：（07）373-0087
馬新地區總經銷／城邦（馬新）出版集團 Cite（M）Sdn Bhd
電話：603-9057-8822　　傳真：603-9057-6622
E-mail：cite@cite.com.my
香港地區總經銷／城邦（香港）出版集團 Cite（H.K.）Publishing Group Limited
電話：852-2508-6231　　傳真：852-2578-9337
E-mail：hkcite@biznetvigator.com

版　次／ 2021 年 11 月 1 版 1 刷　Printed in Taiwan